台語解放記事

寫給台灣人的—————「華語腦」翻轉指南

石牧民

著

| 推薦序 |

解讀眾人內心劇場，
昂首自信護持母語

楊斯棓

（《人生路引》作者、醫師）

　　一言以蔽之，石兄這本著作精準描繪、解讀了我與他人的內心小劇場，教人如何昂首自信的護持母語。

　　博陽廣告公司總經理吳世廷曾有一本名著：《廣告夾心》，裡面有篇文章叫〈你是 Do，我是 Rei，他是 Mi〉。

　　該文引述美國伊利諾州大陸銀行的一則廣告，畫面上的五線譜，很反常的，只有一個音符，標題是：Just a note to remind you the orchestra needs everyone's support.（這個音符 / 備忘錄提醒您，管弦樂隊需要每個人的支持。）

　　該廣告登出的當下，銀行遇上財務困難，欲尋求大眾支持，進行信心喊話。

　　吳總話鋒一轉，他回想起小時候在學校講台語曾被罰站或罰錢，他說華語就像前述廣告的音符，「一言堂的結

果，消除了噪音，也消除了高低音，樂曲是單調的單音。」

吳總作結：「解嚴了，多了噪音，多了抗爭，但也多了台語、客語的電視節目。許多台語的俚語，變成流行語。」

然而，有了台語的電視節目，台語就得到公平的對待嗎？

圓神出版社創辦人簡志忠有一次邀我到辦公室一聚，他問我有沒有看過某個台語節目，我說有，他追問我記不記得那位男主持人的腰帶上繫著什麼？

我心想，腰帶上還能繫什麼，不就是皮帶嗎？不過經社長一說，印象中那位主持人的腰上確實不是繫上皮帶，而是一個勉強湊數的「物件」。

確實如此，答案是一條壞掉的電線。

前輩請我思考，節目為什麼安排一個講台語的人只能把壞掉的電線當皮帶用？

家父小時候唸書說母語要罰錢掛狗牌，外甥女唸書的現代已有母語課。

我從小學到大學，雖沒經歷「狗牌時代」，但也還未躬逢學校裡的母語課，偏偏當時求知慾已爆發，靠著購買李鴻禧教授、黃信介前主席的演講錄音帶，反覆聽百遍自學，靠著莊永明老師、陳主顯牧師的著作，辛苦疊磚，好不容易累積到一個「敢」公開說台語的程度。

在公眾場合用台語致詞，並不容易，任何一個能自在

說台語的人，可能內心都上演過多種小劇場，譬如：

第一、台下若有人鼓譟「聽不懂啦」，強烈示意你放棄用台語致詞，你可能乾脆屈從，那是一個比較輕鬆的選項。

第二、台下若真有人聽不懂，一臉「〇人問號」，你也於心不忍，不知道自己的堅持有沒有意義。

第三、如果你有意無意穿插了國罵髒話，會發現斜射而來的目光益加不友善，甚至有人藉此囁嚅「台語就是像這樣沒水準」，你更會懊惱自己因為失言而醜一。

有一部分聽眾，心裡排斥台語，如果其他聽眾對你報以掌聲，他也只能被迫「見證」強過華語數倍的台語張力。

有一部分聽眾，心裡對台語沒有正面或負面看法，你說得有趣，他聽得懂十之二一，或許有機會引發他興趣。

有一部分聽眾，心裡很渴望有人願意挺身在公開場合高聲朗誦母語，他們等了數十年，就是在等你。

│ 推薦序 │
這本書酸酸的

劉承賢

（國立臺灣師範大學臺灣語文學系副教授）

　　朋友，如果你看書會先讀序文，而且在失去耐性前還讀到這篇序，這時目光游移至此，請對「這本書酸酸的」要有心理準備。畢竟二十多年過去，誤解及不解仍難化解令人心酸，而心酸的人走筆難免尖酸。讀者您如果喉哽反胃，切記「良藥苦口」，很酸的是維生素 C。

　　在為這篇序文擬稿的時候，我一度遲疑要寫台文還是中文，而這個問題，跟本書讀者誰感「尖酸」、誰會「心酸」有關。

　　在我看來，這本書訴求的對象，應該是看不懂台文，甚至不在乎台語的人。經這麼一想，我就決定要用中文寫序了。雖然這麼說，但這並不代表已經會台文讀寫的人不必讀這本書。為什麼呢？因為我們身邊多的是本書的「目標讀者」呀！而這本書在有心要「喚醒台灣同胞」的人手中，絕對是很有用的材料。

正當我就著書稿翻著翻著，忽然發現，這本書其實跟另一本我在二十年前讀過的書遙相呼應，更有趣的是兩本書還都是同一個出版社發行的！二十多年前，前衛出版了林央敏的《台語文化釘根書》，即使當時我已經學了台語讀寫，但仍深受啓蒙，書中的許多想法、觀念、論證有如當頭棒喝。我猜想這本書的讀者，也會有不少人的讀後感是頭上隱隱作痛吧！

但頭痛還不如心酸。

書中的某些道理，早在一九九七年的書中就已經闡明，此時何以此書仍應運而生？這難道不意味著「二十多年過去了，許多對台語的誤解及不解仍舊是台灣多數人的共識」嗎？

也難怪牧民的筆有點尖酸。

還好本書並不「sí-sng 死酸」，在調味上還比林央敏的筆法更加「親人」一點。君不見書的開頭由作者個人的成長、求學、反省、自學切入，書中提到的面向多元，有劇評、影評，有知名的演員，有近年來社會事件的評論，而且兼治台外。書中甚至以國外演員如 Robert Pattinson、Jodie Foster 等人的演出來反觀李安《臥虎藏龍》的語言使用。這些作者身內身外的例子，無不讓整個論述更有溫度。而其他引爲例證者，諸如教育部台語檢定的考題、《國家語言發展法》、武漢肺炎、台大學生會迎新手冊事件、雙語國家政策，哪一件不是曾經的話題？相信甫出版就展

書一讀的讀者應該會倍感親切。反而是「kāu-tshau-huân 厚操煩」如我卻擔心再二十年後，這些時事難引起共鳴。

又何妨呢？如果二十年後書中爭執的誤解及不解都已烟消雲散，那麼這本書厥功甚偉，相關內容也可以功成身退了。

這本書裡除了時而尖酸但不時詼諧的語調，同時還回顧了許多文獻，諸如：《Tâi-oân-hú-siân Kàu-hōe-pò》（台灣府城教會報）、番仔契、《臺灣民間文學集》、字詞典，以及包括《台語小王子》在內的新書。牧民透過實際的文本，指證台語在百多年前就顯露的現代性，包括自動車以及鐵達尼號沉沒後的台文報紙報導。

知道的人不心酸嗎？這些「老舊常識」，何以對我們的親朋好友仍然是「奇聞異事」？

還好牧民懂得調味。在談月相那篇裡，他就用了好幾頁來說明相關的科學知識及名詞，然後筆鋒一轉，直指語言與「剖析知識的角度」、「描述世界的方式」之間深刻的連結，多盼望這能讓抱持「語言只是溝通工具」的人「sim-thâu khí tē-tāng 心頭起地動」呀！

但書中談的可不只是「語言」喔！身為文學研究者，牧民甚至提及言文一致的真意，以及髒話在文學中的地位。透過西班牙裔 YouTuber 黑素斯的玩笑風波對比「勸世三姊妹」，配合童書中台語名「黑豆仔」被標上華語注音與新聞不時抱怨家長看不懂台語課本的觀察，他妙手拈

來，就尖刻地點出台灣人在語言認知上的病態以及對文學與藝術的不理解。酸哪！目標讀者們嚥得下去嗎？不論是什麼立場的人，恐怕找不到完全同意牧民在書中觀點的人吧！

而這也許就是牧民在自序裡有如下這段話的原因：「我很清楚，對於台語復振運動、台語文運動而言，這樣一本書能夠發揮的影響力並不大；甚至，也並不是運動者所需要或所樂見的『幫忙』。」

據說好幾千年前，東方哲人老子曾勸同是東方哲人的孔子說：「當今之世，聰明而深察者，其所以遇難而幾至於死，在於好譏人之非也；善辯而通達者，其所以招禍而屢至於身，在於好揚人之惡也。」牧民甘願在二十多年後，再當一次烏鴉，我誠心祝禱，希望他是最後一隻，也期望二十年後的人們談到「台語」、「台文」，有識者已「無非可譏」、「無惡可揚」。果能如此，那麼這本書就不是「siá sim-sng--ê 寫心酸的」了。

二〇二三年四月十七日
劉承賢寫於國立臺灣師範大學

自序

　　《台語解放記事》的成書，若沒有前衛出版社林文欽社長的賞識，以及財團法人人本教育文教基金會在《人本教育札記》提供寫作空間，不可能完成。

　　前衛作爲一個長期堅守台灣本土意識文化陣地並且卓然有成的出版社，願意相信一個無論在學術或著述上都沒有卓越成績的作者，展現的是莫大的包容和勇氣。惟願這本書能不辜負社長疼惜台灣以至對一個新手作者愛屋及烏的心意。編輯鄭清鴻先生慨然應允將我的書稿轉呈社長，以及在出版過程中對我的「khan-kà 牽教」，我深深感激。社長和清鴻兄的賞識，使我在生涯的挫折中至少可以相信自己並非一無是處。同時，也要感謝楊斯棓醫師、劉承賢副教授慷慨賜序，以及多位前輩、友志的盛情推薦。

　　人本教育基金會作爲台灣解嚴後最早期的 NGO 組織之一，至今還持守著使台灣成爲更美好國度的初衷。我在十四歲時，成爲人本教育基金會少年遊的學員。以後，我陸續是人本的森林育活動員、領隊，森林小學試教教師，見識營營主任，基金會工作人員……。三十年來，如果人

們看見我在變得美好，那便證明人本教育基金會初衷不改。

人本從我還是孩子的時候，便幫助我成為一個喜歡思考的人。他們也幫助我維持著這樣的習慣，一直到中年。《台語解放記事》是我把自己思考的習慣對準台語、台語文、台灣的語言環境和台語教育的結果。它主要以華文寫成，必要時加入台文羅馬字和漢字，盡可能將我思考所得準確地表達出來。或許，讀者將會在閱讀的過程中發現，有些話、有些事，若不使用台語、台語文，還真難以準確地表達出來。我希望那就是這些文字存在的意義。

我很清楚，對於台語復振運動、台語文運動而言，這樣一本書能夠發揮的影響力並不大。甚至，也未必是運動者所需要或所樂見的「幫忙」，而我恐怕也並不是運動者設想中的隊友。但我猜，自己大概是維持著人本的習慣；我們蠻「tiâu-tit 條直」，也蠻「pėh-bȧk 白目」，應該做的事而碰巧又有能力，就做了。

做了又怎麼樣呢？我願意相信，像我這樣並不特別精彩也並不特別犀利的人一直做下去，最終，更多以台語進行思考的大思想家和理論家，以台語文寫作的大文豪，就會出現。但我們必須開始。

我要為這本書的出版，感謝人本教育基金會史英董事長，您是我一輩子的老師。感謝《人本教育札記》編輯部的同仁，江思妤小姐、郭恆妙小姐、王士誠先生、朱慧雯

小姐，在寫作的過程中作爲我的後盾。

最後，我必須感謝林佳怡小姐、黃如莉小姐，以及我的妻張明怡小姐。作爲這本書每一篇章最初的讀者，你們的心、眼和話，都將我的文字琢磨得比我設想的更加溫潤。

石牧民

目次

第三部 · 歷史上的台語

第四部 · 台語教育

第一部

生命史

| *01* |
說台語的
預知解放記事

　　許多年後，當我站在講台上，準備對新學期的學生們說出第一句話，我想起我的祖母，黃玉女士。

　　那是一九八〇年代初。近八十歲的黃玉女士，在她六名成年子嗣各自的家庭間旅行。每隔一段時間，黃玉女士，我的「A-má 阿媽」，會來到我家住下。阿媽間歇性出現的生活，從我有記憶之初延續到我大學二年級的一九九七年。

　　記憶的最初，阿媽是我的照顧者。我爬行在阿媽的歌謠裡，終於直立起來想要夠著盤旋的音韻。後來我在飯桌上聽阿媽和媽媽、爸爸的對話。再過一些時間，我會走到客廳，在阿媽身邊坐下，充當她的電視機遙控器節度使。楊麗花飾演少年紈褲以後幡然悔悟的大將軍年羹堯，阿媽說那叫做「siūnn-tshò 想錯」（迷途知返）。台視年羹堯進廣告退場，阿媽指揮我轉台。中視、華視各自有黃香

筆者週歲生日與阿媽合影

蓮、葉青歌仔戲。以後，我甚至會在電影《失落的地平線》
（*Lost Horizon, 1937*）中認出陪著阿媽看過的歌仔戲。

　　阿媽是入戲而多話的觀眾。專注在歌仔戲裡的阿媽，
比飯桌上的她多出了哀戚、不捨、疼惜和咒罵。

　　但歌仔戲終會結束，我這遙控器節度使也變成開差。
雖然當年只有三台，但是歌仔戲的配額一旦告終，電視裡
的人就不再受遙控器節度，說起阿媽聽不懂的語言。我開
始看溫布頓網球賽，一邊看，一邊向阿媽解釋網球規則。
綜藝節目、電影，就不及為阿媽翻譯，以至於阿媽和我一
起看到《失落的地平線》時，並無法認出已經看過的歌仔
戲。

　　這時，阿媽沉默地坐在客廳，那張專屬於她的沙發
上。佝僂的身軀陷落進椅墊之中。每當電視、客廳裡的聲

音強勢地轉換爲阿媽並不理解的語言，那張大過阿媽的沙發就會愈發神似一個籠子。交錯的華語聲線織成不斷潰縮的網眼，禁錮起八十幾歲的黃玉女士。一九九七年，黃玉女士決然登出她在六名成年子嗣各自的家庭間旅行的路線，不曾再到我家住下。專屬阿媽因而空蕩下來的沙發，不時竟然會讓望著它的我感覺釋放。因爲我不必再目睹阿媽別無選擇卻又吃力地坐進令她噤聲的牢籠裡。

當我站在講台上，準備對新學期的學生們說出第一句話，我這樣想起我的阿媽。那是大學的講台，台灣語文學系「台灣民間文學選讀」的課程。我準備對新學期的學生們說出的第一句話，再自然不過，幾乎就天經地義地必須是台語。我的阿媽黃玉女士聽得懂的語言。而且不是在阿媽困坐的客廳，是在國立大學的講壇，公開而正大的場合。

台語，從我家客廳到國立大學講壇，自然有國內政治環境及文化政策變遷的因素。高等教育現場設立台灣文學系所，諸如歌仔冊、說唱藝人影音紀錄等台灣民間文學文本得以作爲大學課程教材，都顯現台灣文化典範由一家之言轉向多元並蓄。然而台灣作爲多語言國家的環境，各種語言之間仍然有弱勢、強勢的區別。具體的證據，即是作爲（準）台語母語者的我，從客廳遙控器節度使到全台語授課者的路程。

我這一個（準）台語母語者，打從生命與記憶的最

初，就和我的阿媽說台語，也在旁人的對話中聽台語。然而我也在進入學校社會化的最初，就感受到台語並不被「鼓勵」。我的父母從來用台語對話，也從來不用台語同我對話。我在小學中經歷過「說台語等於說『髒話』」這種汙名教育的最後階段。在華語強勢的環境中，我運用華語的熟練度及表達能力，很快地超越我的台語能力。除此之外，我也發現自己所能取得的語言、文字資源全部是華語。基於達意的效率要求，童年的我不假思索地選擇華語作為我最主要的語言，台語則被排斥到家中客廳。而當黃玉女士決然登出她的旅行路線不再出現，由於母親、父親並不使用台語和我對話，台語就更進一步退到我的阿媽坐困的沙發。阿媽既已遠颺，那張沙發禁錮的對象就變成台語本身。而我成為一個不說台語的人。

我的經驗並不特殊。留學美國期間，我見證了台灣移民家庭中的語言情境與消長。無論第一代台灣移民家長如何有意識地堅持和他們的孩子說華語（或台語），作為第二代台灣移民的那些孩子一旦進入學校的英語環境，當英語表達的效率和精準度超過他們的母語，母語就被放棄。

我的經驗對於當前牙牙學語的台灣孩子也不特殊，甚至可以說完全一致。有心營造母語家庭的母親、父親，盡心為他們的孩子創造台語環境（或者客語、原住民語、東南亞諸語言）。孩子終於也要進入華語全面強勢的學校。孩子終於也要發現自己的華語表達能力超越母語。孩子終

筆者留美期間在台灣人教會中文學校擔任華語老師

於也要基於達意的效率，做出他的語言選擇。依據當前台灣國內的語言環境中的競合關係，雀屏中選的顯然不會是台語、客語、原住民語或東南亞諸語言。

然而我的經驗有一個應許。作為黃玉女士遙控器節度使學會的語言，我真正的母語能力，一旦配備，我從來沒有完全忘記。

即便我曾經成為一個不說台語的人。即便我曾經只能夠運用華語雄辯滔滔。禁錮著、蟄伏著的台語，只欠一個覺醒，只欠一個解放。我的覺醒和解放，來自素樸的台灣

人民族主義。當前的孩子們，覺醒和解放的契機，勢必和我不同。但無論何種覺醒何種解放，結果都是停止重蹈「基於達意的效率來選擇語言」這種語言環境中的競合機制，而從親緣、從文化認同、從公民社會的考量去面臨語言的取捨。而覺醒和解放，若沒有撒種，不會無端發生。

我的種子，是爬行過我阿媽的歌謠，是在客廳裡我阿媽身邊坐下來，張開耳朵和嘴巴。當前孩子預約覺醒和解放的種子，會是他們的父母有意識地對孩子說母語，為他們尋找、準備語言資源。也會是親職者一旦為孩子將母語裝備起來就不會忘記的信念。

覺醒和解放以後呢？覺醒和解放真正的意義，其實正是從捨本逐末的問題及迷思中解放出來。

當我站在大學講台上，準備對新學期的學生們說出第一句話，我確知他們並不懷疑「台語有沒有字」、「憑什麼『閩南語』能叫做『台語』」，或「羅馬字算不算字」這類問題。他們既已知道問題不在「台語有沒有字」，而在漢字文化圈共用的那些方塊符號「有沒有台語音」，而他們知道有；他們既已知道問題不在「憑什麼『閩南語』能叫做『台語』」，而在「有沒有另外一個語言叫做『台語』而有混淆之虞」，而他們知道沒有；他們既已知道問題不在「羅馬字算不算字」，而在於「它是不是各式表記台語的符號系統之一」，而他們知道是。

當我站在大學講台上，準備對新學期的學生們說出第

一句話，我想起我的阿媽，黃玉女士。她交給我現在拿來
教學的語言，她把解放的契機預先安放在我的靈魂裡。

| *02* |
低調復仇
的台語文自學

　　這是一個從華語學台文的故事。這也是一個殖民和被殖民的故事。

　　這個故事，有一個在本文中並不現身的大反派，同時也是殖民者——中國國民黨。中國國民黨這個反派、殖民者，在太平洋戰爭結束後武裝接管台灣。除了運用優勢武力剝奪台灣人的主權，也剝奪台灣人的語言。中國國民黨這個反派在台灣登場後，佔領由原住民族語、客語、台語組成的台灣語言環境，貶抑、排斥原住民語、客語、台語，運用國家機器的政治力，將華語強加在台灣的語言環境中，成為「國語」，也成為唯一的優勢語言。這個故事的背景，就是一個被武裝力量及政治力干擾，不平等也不自然的語言環境，所有不是以華語作為母語的人，被強制學習華語。

　　這個故事的主角，是我。我是一個完美的被殖民者，

認賊作父。從小被指派參加各類「國語文競賽」，奪得佳績後，驕其同窗，並且收穫「國語說得好」的種種紅利。認賊作父的種種紅利累積之最終階段，是常春藤名校，是紐約市的哥倫比亞大學。

哥倫比亞大學東亞語言文化學系的東亞圖書館，一進門是巍峨的木造梁柱，右側是長長延伸出去的原木長桌。長桌的桌腳，刻有奉英王喬治二世設立的「國王學院」（哥倫比亞大學前身）的獅子利爪圖騰。十數公尺延展到浩大的彩繪玻璃窗下。

故事就從這座哥大東亞圖書館古樸雄偉的殿堂中開始。我面對美式鍵盤，在並未安裝注音輸入法的美國大學圖書館館藏查詢系統裡，要怎麼找到《金瓶梅詞話》的索書號碼呢？「ㄐㄧㄣㄆㄧㄥˊㄇㄟˊㄘˊㄏㄨㄚˋ」

哥倫比亞大學東亞圖書館一景

是行不通的。完美的被殖民者，各類國語文競賽的獲獎者，注音從來不會ㄗ、ㄘ不分或ㄣ、ㄥ混同的我，在這個故事的最初束手無策。美國常春藤名校，漢學研究的重鎮，和唐君毅、徐復觀等人論交的狄百瑞（Wm Theodore de Bary）教授當時仍在任教的哥倫比亞大學東亞語言文化學系圖書館系統告訴我：「你其實不會華語。全世界大部分使用華語的人士嫻熟的表音符號，根本不是你的ㄅㄆㄇㄈ。」

我必須突圍。尚且沒有意識到那個困頓其實是一個完美的被殖民者之困頓的我，必須突圍。我知道圖書館的電腦有安裝華文輸入鍵盤。那麼，勢必有一個以羅馬字為基礎的拼音系統。我不知道那是什麼拼音法，但我知道，任何系統必定具有其法則。

我開始摸索那個不知名的法則。從「ㄐㄧㄣ」開始，我要怎麼用另外一種符號表記出「ㄐㄧㄣ」這個音呢？ㄐ、ㄐ、ㄐ，我猜「j」和它接近。ㄧ、ㄧ、ㄧ，我猜「i」。ㄣ？這好猜，「n」嘛。這樣，我用「jin」找到了「金」。「ㄆㄧㄥˊ」呢？我猜測的膽子大了起來。ㄆ、ㄆ、ㄆ，那還不是「p」嗎！就這樣一路猜了下去，猜著了就記下來。用哪個符號表記「ㄒ」難猜一些，我試了幾次，找到了「x」。「ㄘ」也沒那麼直覺，但我畢竟找到了「c」。找到了，記下來。

這個故事開始之後一個多鐘頭，我學會了表記華語語

音的另一套系統。ㄅㄆㄇㄈ之外，我多掌握了一群符號。這個故事開始之後，又過了兩天，我發現只要把「x」換成「hs」，把「zh」換成「ch」……，又是另一套自足的系統。那時候，能夠駕馭的技能多出了兩套的我，都還不知道它們一個叫做「漢語拼音」，一個叫做「通用拼音」。更日後，我又接觸到了看上去有點獵奇，用一個「'」（上逗號）表示送氣音的「韋氏拼音」。

多掌握了三種表記華語語音系統的我，其實只做了一件事：我拋棄了ㄅㄆㄇㄈ這種單一的觀點，而開始真正去分析、揣摩我唇齒間的語音。一旦抓到了依實際且切身的揣摩分析語音的經驗，我只需要將我的歸納和某一個特定的系統對應起來，就能掌握一個表記語音的系統和規則。

故事開始了這麼久，台語還沒有登場？

我離開紐約，回到了台灣。二〇一一年，發生了國立成功大學台文系蔣為文教授抗議知名作家黃春明的事件。我注意到爭議的焦點，「台語文」。

台語文？台語有文？我問了完美的被殖民者自然要問的問題。我開始 Google。我發現「教育部臺灣閩南語羅馬字拼音方案」，也發現了「教育部臺灣閩南語漢字輸入法」。「用這個輸入法就可以打出台語嗎？」我怎麼能不試試看。但是要怎麼做呢？我發現那又是一個以羅馬字為基礎的拼音系統，而任何系統……

必定有其法則！

在紐約自學表記華語語音拼音法則的記憶回到我的腦海。好，那我要怎麼用台語漢字輸入法打出「台灣」呢？呆丸？ㄅㄞㄨㄢˊ？

　　ㄅ、ㄅ、ㄅ，那就是「d」囉？但不是。亂猜之下，我矇到了這個台語語音的表記系統中，「d」的音以羅馬字「t」表示。矇到了，那就記下來。ㄞ、ㄞ、ㄞ，這個音顯然有兩個部分：先是張嘴的「a」，然後是嘴巴閉起來的「i」作為尾音。那麼，用「tai」，就可以在台語漢字輸入法裡找到「台」字。我猜測的膽子再度大了起來，「ㄨㄢˊ」一定也不難。ㄨ、ㄨ、ㄨ，那就是「u」。ㄢ、ㄢ、ㄢ，又是一個複合的音。張開口的「a」，加上「n」，那麼是「uan」。我就這麼猜測下去，嘗試下去。故事到了我發現「教育部臺灣閩南語漢字輸入法」之後的第二天晚上，我學會了教育部臺灣閩南語羅馬字拼音方案。

　　從那裡開始，我繼續發現台語的語音比華語複雜，共有八個聲調，字詞的組合會造成變調。另外有四種促音的尾音。我繼而注意到，台語中說「熱天」、「熱情」，兩個「熱」字的發音不同。原來台語讀漢字，有「白話音」、「文言音」的差別。再後來，我又發現了，只要將教育部臺灣閩南語羅馬字拼音方案中「台灣」的「uan」改做「oan」；把「英文」中的「ing」改做「eng」，再加上一些子音、送氣音的拼法改變，就會是台灣基督教信仰中所謂「白話字」（Pėh-ōe-jī）的台語文系統。又是另一套表

記台語語音的符號系統。最終，我一頭栽進了台語、台語文的世界。從一個完美的被殖民者，變成一個有能力教授台語、台語文、台語文學的老師。

這是一個從華語學台文的故事。這也是一個殖民和被殖民的故事。這更是一個完美的被殖民者運用被殖民的經驗，把通過被殖民學得的技藝變成利基的故事。

在這個故事中，我只做了一件事：我張開耳朵，仔細地聽我唇齒間的聲音，玩味、揣摩、分析。先拋棄符號的執念，拋棄ㄅㄆㄇㄈ；後來，拋棄了語言、文字中民族主義的分野。僅僅是把音素和符號系統的規則連繫起來。最後才發現，我是完美的被殖民者。但沒有昨非今是的憤怒。殖民者把我教得左右逢源，我去向誰說對不起呢？難道要說對不起嗎？

我只是張開耳朵。我只是張開心眼。然後是仗著完美的被殖民來勢如破竹地拆解殖民的故事。

| *03* |
吳念真的戲與文

　　防疫三級警戒在二〇二一年八月降爲二級之後，綠光劇團的《人間條件‧七：我是一片雲》在國家戲劇院公演。吳念眞編劇的「人間條件」系列，自二〇〇一年首度演出以來，一直受到觀眾喜愛。三級防疫期間，綠光劇團在線上播出「人間條件」系列一至六集，也形成收視熱潮。觀眾對這一系列劇作產生廣大共鳴與迴響，原因向來就是它很「台灣」。

　　「人間條件」這個詞彙，可以說來自於日本小說家五味川純平的小說《人間の條件》。原著的主人公是二戰期間被派遣至中國作戰的青年。他所經歷的殺戮、流離，一再地追問：在世界如地獄一般的恐怖和荒謬之中，如何才能保全一己生而爲人的尊嚴呢？

　　日文漢字「人間の條件」中的「人間」，意思就是人。吳念眞「人間條件」系列最主要的關切也是人，而且是生

活在台灣的人。劇作家始終探求的是當代台灣人的日常中蘊藉的故事。那些故事往往由台灣的歷史、族群、階級等條件來形塑。「人間條件」受到歡迎與受到批判的原因，歷來是一體之兩面，相較於批判、控訴，它更加在意的是理解和體貼。吳念真的性格如此，他劇作的性格也如此。

而《人間條件‧七》除了上述特點一如往常以外，還有一處與本書密切相關：它是一部台語戲劇。《人間條件‧七》完完全全是一部台語劇作。幾近三個小時的劇中，華語台詞僅僅十句上下。它約略是戰後嬰兒潮世代台灣人的故事，呈現一九六〇、七〇年代紡織、加工出口產業中女工的生命情境。在國民義務教育只有六年的年代，許多少女少男小學畢業就前往城市工作並負擔家計。《人間條件‧七》當中，那些十九、二十歲的人物們，個個都已是在社會上具有七、八年工作經驗的「老江湖」，但同時也還在傷春悲秋的花樣年華。這樣的衝突與矛盾，成為《人間條件‧七》中人需要被理解、被體貼的基調。那些人都說台語，於是《人間條件‧七》全劇說台語，那是再自然不過的事。或者，以劇作家的觀點而言，那是再寫實不過的事。

但同時，那也是再現實不過、再殘酷不過的事。《人間條件‧七》裡的人都說台語，那是因為階級的分隔線就劃在族群的分隔線上。說華語的，一九四九年的新移民兒童和少年，他們的上一代多半有軍職、公務人員或公營事

業僱員的身分。那同時也意味著相對穩定的經濟地位。兒童、少年在國民義務教育結束後就必須就業的情況，幾乎不會發生在一九四九年的新移民家庭中。是這樣的客觀因素，幾乎可說是階級性、社會性的客觀因素，使《人間條件·七》裡的人物全部都說台語。

然而，卻也是同樣的階級性、社會性因素，使《人間條件·七》中僅僅十句上下的華語台詞，顯得異常醒目。甚至有如不祥預兆那樣地具有威脅性。工廠女工說台語，但領班說華語。顯然也是台語人，媳婦熬成婆的領班向女工們傳達工廠政策時，說的是華語。工廠中主管級的工程師，說的也是華語。劇作家吳念真在約略十句的華語中所塑造的環境，是非常寫實的：在一九六〇、七〇年代的台灣，華語已經成為具有權威性、公共性的語言。除了當時的語言政策之外，在人民的日常中發酵的因素，是經濟，是階級。社會的上層，工廠的資方、管理階層說的是華語。十二、三歲就得就業的艱苦人如劇中的主角和他們的姊妹、兄弟，誰不想出頭天？有出頭的人都說華語。說華語，於是成為出頭天的途徑。

但這是一個誤會。實情是：社會的上層本來就說華語，並不是說華語令他們成為上層。甚至，社會上層所說的華語根本南腔北調。但一心出頭的人看不見這種現實和差異，覺得關鍵橫豎就在於說華語。這一種誤會，這一種現象，著名的人類學家吉爾茲（Clifford Geertz）把它稱作「意

識形態」。

　另外，貫串《人間條件‧七》全劇的「我是一片雲」，除了象徵劇中主角漂浪如浮雲的命運外，它更是由鳳飛飛唱紅的同名歌曲〈我是一片雲〉，作為劇中苦命女主角情緒的出口。《人間條件‧七》這部劇作，一再透露它極寫實地根植於一九七○年代台灣社會現實的線索。當時青年勞動力的情感出口，除了鳳飛飛等人演唱的流行歌曲，還有瓊瑤的言情小說。這個事實，埋藏在全劇的台語之中，稍不留意恐怕就輕易放過。

　這樣的寫實顯示的是，整個戰後嬰兒潮台灣人雖然大部分是台語人，但他們表達情緒、寄託情感的語言，正在全面性地轉變為華語。沿著這個脈絡，戰後嬰兒潮世代既有「說華語才會出頭」的意識形態，自身也習慣運用華語建構情感和日常，自然會在教養筆者這個年齡層的下一代時，幾乎完全使用華語。具體地說，筆者的父母輩，戰後嬰兒潮世代台灣人的「母語」是台語，但筆者的「母語」（媽媽對我說的話）是華語。筆者的「母語」竟然與筆者母親的母語不一樣。

　《人間條件‧七》這部台語劇作，更在語言之外觸及了文字的問題。例如劇中某個段落，身為台語人的女主角面臨人生的轉捩點，想要在日記中寫下「khám-tsām 坎站」時，別無他法地用了「砍斬」兩字。劇作家吳念真看似巧妙地為女主角也為自己解套：「這是要跟過去做一個了斷，

用『砍斬』很合理。」在這裡，我們不得不想到吳念真的創作生涯。文學工作者、劇作家吳念真的藝術生涯，從任職中影擔任電影編劇，親身參與、催生「台灣新電影」浪潮，到現在商業劇場中的「人間條件」系列，始終與台語相關。從電影《兒子的大玩偶》第一段全台語的電影劇本，到《人間條件‧七》全台語的劇場演出，四十年來吳念真的藝業就是台語，就是台語的藝術性展現。而吳念真的工作倫理（work ethics），即便在劇場中，仍然維持著電影工作者的習慣，劇本必須適應、支援隨時改動的需要——事實上，《人間條件‧七》的劇本在公演期間仍然在不斷改動。吳念真的藝術土壤恰恰使得劇作「演出本」的重要性超出「定本」許多。

然而，我們不得不去面對「劇作家吳念真」。「劇作家吳念真」不是綠光劇團的事，也不是吳念真本人的事。「劇作家吳念真」是像筆者這樣的文學研究者、文學教師的事，是後世的事。一旦我們必須討論「吳念真劇作」，討論「廿一世紀初期台灣戲劇」，就無法再仰賴僅僅為演出而存在的演出本，而必須是吳念真作品的定本。到那時，我們也就無法再倚仗「砍斬」——「砍斬」是劇作中的哏，而我們需要承載整部劇作的工具。

吳念真的創作和藝術並不需要台語文。但我們記憶吳念真、欣賞吳念真、研究吳念真，則需要台語文。

「咱 ê 運命，敢親像彼隻飛入來工廠 ê 蝶仔（iảh-á），

『飛會入來，tō hōo 你飛袂出去』」？」

　　這一句台詞說出來，劇場中的啜泣聲此起彼落啊。如此美而悲傷卻溫柔的語言，演完了，我們還要把它留下來，收藏起來。

| *04* |

《台灣男子葉石濤》的語言問題，之：我們不要傷心了

　　文學紀錄片《台灣男子葉石濤》於二○二二年六月中在國內電影院線上映。這部結合訪談、劇場、舞蹈等形式重現葉石濤文學生涯的電影，由許卉林導演，林靖傑製片。製片人林靖傑曾經參與「他們在島嶼寫作」系列文學紀錄片製作。這個經歷讓《台灣男子葉石濤》顯得特別有趣。

　　有趣之處至少有三點。「他們在島嶼寫作」系列所處理的創作者都是華文作家，《台灣男子葉石濤》的傳主葉石濤也是。這個看起來像是廢話的第一點，得繼續說下去才有哏——《台灣男子葉石濤》是第一部關於「台灣文學作家」的紀錄片。這麼一說，彷彿「他們在島嶼寫作」系列裡的王文興、鄭愁予等人不是。再進一步說，關於華文作家的「他們在島嶼寫作」系列紀錄片，都很明確是華語紀錄片作品，然而同樣關於一位華文作家的

紀錄片《台灣男子葉石濤》宣傳海報
（圖片來源：茂樹電影有限公司）

　　《台灣男子葉石濤》紀錄片，卻大量使用台語作為藝術表
達的工具。看得出其中的矛盾或「違和」之處了嗎？

　　《台灣男子葉石濤》是一部有很多人說台語的紀錄
片。在幾位談論葉石濤先生的受訪人當中，「雲門舞集」
創辦人林懷民先生說話時突然出現的台語詞彙、片語，令
許多觀眾格外驚艷：「從來沒想過林懷民說台語，而且說

得那麼好聽。」然而，這好一些說台語的人所討論、引介、再現的葉石濤作品，全部以華文寫成。要是再進一步，你又會發現寫下這些華文作品的野生葉石濤本人是一個說台語的人。這部紀錄片裡頭的人要不要那麼糾結，一直在換語言？

如果我們從野生葉石濤本人反推回去，又是一番看起來類似但有趣著有趣著就哭了的光景。日常總說台語的葉石濤，寫的作品全部都是華文。《台灣男子葉石濤》裡頭討論他作品的人，明明用華語討論最直截簡便，但他們似乎不願意。他們忍不住，硬要用台語去講葉石濤和他的作品。但他們之中大部分人台語都「講得不好」——筆者不是在說他們的台語「不好」。我們接著來談談筆者所謂的「不好」所指為何。

林懷民先生好好聽的台語，就代表著一種「不好」。他的台語再怎麼好聽，就是不成句，或至少他的語言中台語的佔比絕對不如葉石濤先生。還有另一種「不好」，是許多台語復振運動者及學者所指出的，也就是演員莊益增先生在電影中以台語為已故的葉石濤先生代言，也以台語誦讀葉石濤的作品。精通台語的研究者聽出了莊益增先生用來「再現」葉石濤其人其作品的台語有諸多錯誤，包含誤譯、生硬等等許多「bô suí-khuì 無媠氣」之處。這兩種「不好」的台語在《台灣男子葉石濤》裡頭一再出現，幾乎成為這部紀錄片中難以忽視的主題。

好了，爲什麼會這樣？

我們不妨從頭開始問，這一部關於一位華文作家葉石濤的電影，從創作者到影片中的參與者，怎麼不用華語就好？到底爲了什麼，一個個彷彿不用台語就很不好意思地非得用台語談葉石濤的華文作品，甚至不惜使用自己恐怕都沒那麼熟練的台語，和搬石頭砸自己的腳沒兩樣？或者，我們甚至可以回到更源頭問葉石濤：「你說台語，你幹嘛不用台文寫就好？」

這麼問，就沒禮貌了；恐怕也因爲這麼問，就問到痛處了。「台文」不是葉石濤所擁有的書寫工具。說台語的葉石濤，沒有辦法用台文寫；台文對葉石濤而言並不存在，或至少不在葉石濤可取得的範圍內。然而，如同葉石濤自己所說，「文學是上帝給特定的人降下的天譴」，葉石濤不得不寫，寫出來，是葉石濤這個人所知道，唯一的靈魂出口。但他說台語，卻沒有台文這個工具幫助他寫，這是種什麼樣的悲哀呢？

「我手寫我口」，不是嗎？這不是我們整個現代文學最本質也最理直氣壯的口號嗎？我手寫我口，何其直接。「他們在島嶼寫作」系列裡的作家沒有一個不是這樣。他們手上的筆和他們口裡的話，有直接的對應。而如果葉石濤傻傻地哪怕是天譴也一定要寫，怎麼辦呢？他反正只有華文能用，他反正只有華文能夠拿來寫。葉石濤只好逼著他口裡的話去跟隨他手上的筆。最後，野生的葉石濤也被

逼得會講華語了。野生的葉石濤會用蹩腳的華語和同儕談論文學，向學生或仰慕他成就的人講論文學。葉石濤硬是練成了華文寫作，但講得蹩腳。

葉石濤的下一代人，下兩代人，就不會講得蹩腳了。我們講華語講得越來越漂亮。我們當中有人甚至發現了華語講得漂亮裡頭藏有各種好處各種捷徑。那我們就更有意願越講越漂亮。華語漂亮到忘了講台語。華語漂亮到忘了一件重要的事：如果華語講得漂亮能夠得到「身分」，那麼講台語必定也是一種身分。但是我們的華語漂亮到把台語的那個身分完全忘記了。

這個忘記，就表現在林懷民先生在《台灣男子葉石濤》裡說出台語的時候，「從來沒想過林懷民說台語，而且說得那麼好聽」。林懷民先生當然會說台語，那是一種身分。那是從母胎出來就獲得的身分。如果林懷民先生好聽的台語竟然是一種驚喜，那勢必因為我們太習慣林懷民先生透過華語說出來的那個身分。那是我們每一個人在教育、在體制裡獲得的身分。

那個身分，顯然不是從母胎出來就獲得的身分。對大部分台灣人而言，從母胎出來就獲得的身分，理應跟葉石濤一樣說台語。而葉石濤被逼得去學習一個說華語的身分。葉石濤之後的林懷民則必須以那個說華語的身分去寫、去舞，他努力地做得很好。林懷民之後的我們，則幾乎只剩下那個說華語的身分。從母胎出來就應該有的那

個，則沒了，或忘了，甚至沒了就索性不要了。

　　這就是《台灣男子葉石濤》裡的人不甘於便宜行事地用華語談華文作家葉石濤的答案。他們不願意只因為沒了或忘了就索性不要那個說台語的身分。那不可以。忘了？記起來。沒了？找回來。不會講了？講回來。

　　《台灣男子葉石濤》裡每一種「不好」的台語，都在那個回來的路上。

　　但不是「回去」，不是「回去」野生葉石濤那個他還保有說台語這個身分的時候。「台灣男子葉石濤」是一個悲劇啊。葉石濤的手無法寫葉石濤的口，但我們可以。我們一旦找回那個說台語的身分，我們有工具寫。我們手上有工具寫我們找回來的口。

　　我們想要說就有得說。我們用說的要是不夠，想寫也有得寫。《台灣男子葉石濤》裡有好一些「有趣」的部分。說台語的葉石濤不得不寫華文。討論葉石濤的人硬是用台語去說他的華文作品，還說得不好或是不夠好。有趣著有趣著就哭了。

　　但我們現在都不要傷心了。

第二部

礙台語
的迷思

| 01 |
說台語，就沒有
「台南腔（華語）」的問題

　　二〇二〇年八月的一開始，教育部閩南語語言能力認證考試登場，報考人數突破往年紀錄。幾乎與此同時，關於新銳演員吳子霏的報導佔據娛樂、文化版面。

　　台南出身的吳子霏，成長在台語家庭中。成為演員的道路上，她慣說台語影響的「台南腔」華語受到詬病，在演員訓練課程中被要求矯正。而其「矯正成功」則成為了該報導的文眼。

　　多麼諷刺。在我們的國家中，當前有破紀錄的人數尋求國家「認證」他們的台語語言能力。但同時，社會中有某種據有制高點的力量、體制或人，會尋求「矯正」與這個語言能力相伴的華語腔調。

　　敏銳而仗義的讀者恐怕已經在問：「什麼力量，哪個體制或人？」回答這個問題以前，由於吳子霏是一名演員，讓我們先從幾個表演的例子開始。

當《哈利波特》（*Harry Potter*）系列小說改編成電影作品時，作者和製片公司要求所有的選角都必須是「英國演員」。「英國演員」其實是不準確而且誤導的說法。作者和製片公司所要求的，準確地說，是出身於蘇格蘭（Scotland）、英格蘭（England）、威爾斯（Wales）、愛爾蘭（Ireland）的演員。這些組成大不列顛聯合王國（我們俗稱為「英國」[1]）的小國家裡的人，各自有不同的腔調。其中，出身英格蘭的羅伯‧派汀森（Robert Pattinson）在哈利波特電影中驚鴻一瞥地飾演「西追」（Cedric Diggory）這個角色之後，先成為了全球少女趨之若鶩的青春偶像，近幾年則在幾部小成本的獨立製作影片諸如《失速夜狂奔》（*Good Time*）、《黑洞謎情》（*High Life*）、《燈塔》（*The Lighthouse*）中大放異彩，成為準演技派紅星。上述三部電影中，派汀森飾演的都是操美國口音的角色。而他揣摩、掌握美式口音的能力，正是他的表演藝術獲得激賞的重要原因。

能以不同的口音進行表演，是重要的表演技巧和能力之所在。

第二個位於表演光譜另一邊的極端（但不是反面）的例子，是李安的《臥虎藏龍》。在這部早已成為世界影

---

1 其中愛爾蘭的情況較複雜。由「北愛爾蘭」與其他三國組成大不列顛聯合王國。

壇經典之作的電影中，幾乎沒有一個演員運用口音進行表演。甚至，認真而積極的觀眾一旦講究起來，片中的口音幾乎全都是「錯誤」的。在王度廬的小說《臥虎藏龍》原作中，大俠李慕白是江西人，而他情牽的俞秀蓮是河北人。然而，飾演李慕白的周潤發和飾演俞秀蓮的楊紫瓊，在電影裡全都毫不隱藏地說著粵語口音的華語。整部電影中，大約只有章子怡之北京王府千金玉嬌龍的口音是「對」的。

但全片的關鍵機竅在張震。張震在《臥虎藏龍》裡的華語口音，全然是不假修飾的「台灣腔」，那是一個經過幾十年中國各地語調及台灣人腔調在島國中混雜交融出來，分不清東南西北，謎樣的腔調。而張震的口音在《臥虎藏龍》中卻是切中要點地「對」了。他飾演的羅小虎，是個根本不知道自己是誰、出身在哪兒的孤兒。誰都聽不出他打哪兒來，他自己也不知道。

通過張震飾演的羅小虎，李安《臥虎藏龍》裡的語言、口音，從幾乎全錯一翻而為正確。那是一個南來北往形形色色的世界，裡頭的人操持各地方的口音。它恐怕經不起考據式的檢驗，但是它的精神底蘊徹徹底底地寫實而且誠實。

根本沒有一個定於一尊、據有「正確性」制高點的腔調。

很可惜而且悲傷的，吳子霏的演藝生涯告訴我們：在

台灣這個社會中，卻有。那個腔調明確地認為吳子霏的華語不標準，需要被矯正。

那是什麼腔調呢？其實你也說不出來。你說不出哪個地方的腔調堪稱是標準的。連中國國民黨都說不出來，而其實他們也不好說。他們的神主牌上是「浙江省奉化縣溪口鎮」，那個傢伙說的華語難道很標準？硬是要說那個標準的腔調是什麼的話，恐怕就是那個矯正掉台南腔，矯正掉高雄腔，矯正掉屏東腔，矯正掉彰化腔，矯正掉河北、甘肅、烏魯木齊腔，真空一般的華語。而那真空的、標準的華語，就出現在演員吳子霏訓練者的意識中。甚而，它就出現在台灣這個所在的表演藝術中，出現在台灣新電影以前的所謂「三廳」（客廳、飯廳、咖啡廳）電影中。沒有錯，那個年代裡配上林青霞、秦漢臉孔的那種華語配音腔調，就是演員吳子霏的矯正者，而且美其名為「演員訓練」。

以羅伯・派汀森、李安《臥虎藏龍》的例子為觀察角度，便可以發現，台灣這種標準華語腔調的想像，有多麼不誠實。

台灣作為一個多語社會，明明最接近《臥虎藏龍》裡南腔北調的世界；而那些南腔北調，更恰恰應該是台灣演員表演藝術中，磨練揣摩、掌握各種腔調表演能力的資產。而我們的表演體制、演員訓練，竟然是要求表演者清洗「矯正」掉各自的特殊性，共同去掌握一種腔調。

一種，一種喔！簡直就是華語沙文主義。不妨想一想，當我們的演員訓練要求所有的表演者都用同一種方式說華語，作爲他們的表演技能，前文舉例中世界影壇那樣的花花世界，有可能出現嗎？僅僅在電影表演的範疇中論腔調表演，近三十年來，我們曾看見茱蒂・福斯特（Jodie Foster）在《沉默的羔羊》（*The Silence of the Lambs*）中，創造了實際上根本不存在的腔調，來展演「自卑但力爭上游的藍領階級白人女性」；我們看見蓋瑞・歐德曼（Gary Oldman）在《第五元素》（*The Fifth Element*）中創造了實際上根本不存在的腔調，來展演「唯利是圖而婢膝奴顏的星際軍火販子」；我們看見山繆・傑克森（Samuel L. Jackson）在《金牌特務》（*Kingsmen: The Secret Service*）中，同樣創造了實際上根本不存在的腔調，來展演「科技始終歸向於非人性地掌握全世界的媒體大亨」……。而我們的表演訓練體制，竟然要求我們的年輕演員抹煞特殊性，甚至抹煞沿著特殊性而來的創造力，去掌握一種腔調，訴諸排他性的腔調。一種。

　　這種沙文式的現象與體制，究竟是從哪裡來的？實際上就是「華語霸權」。準確地說，就是倚仗政治力，甚至是倚仗軍事力量壓制其他語言的華語，完全不是在語言自然競合狀態下奪取了優勢地位的華語之通行，被當成了可以接受的現狀。更具體來分析，那就是所有人都說華語，明明是一個極不正常的狀況，但既然所有人也並不準備追

究其中的不義，不準備主動強力地去翻轉那非正常，那麼，原來那個不正常的華語體制就會繼續正常發揮，不正常地認爲你的台南腔不標準，需要矯正。我們就會繼續不正常地都說著同一種華語。而有人說得「不標準」就會被做記號，竟然很正常。

解決之道只有一個：面對沙文而獨霸的華語，堅持說原住民語，堅持說客語，堅持說台語。說到華語知道它本身不是據有制高點的唯一，遑論還要求你說得「標準」。

單一的國語政策已經不再。中國國民黨的政治影響力在萎縮中。現在再批判「台語都在戲劇中被當成粗俗的印記」已經不夠。甚至，那會是一個陷阱。只批判那個現象，就碰不得華語要求你「標準」的那種沙文式的自以爲是。

說原住民語，說客語，說台語。那些本不該是華語的地盤，卻被它挾政治、軍事力量竊據的，搶回來。那它就不會「竟然還有餘地」來檢討你標準與否。

| 02 |
不服？
來戰歷史、làu 台語

「歷史課綱裡，連『三國』都沒有了！」

二○二○年九月伊始，公共論壇上爭吵的是這個。這是一個近幾年一再出現的套路。它源自一種特定的中國認同，並且帶有詆毀台灣本位的政治目的。而它的策略，則是訴諸一個像是「三國（時代）」這樣的醒目標的，來引起大眾不明究理的反彈和情緒。它的目標，則是干擾我們教育體制正常化、合理化的進程。例如「歷史課綱裡，連『三國』都沒有了」，這句話預期能夠馬上引來「我們的孩子要連劉備、諸葛亮都不知道，連關老爺都不認得了嗎？」這樣的責難。似乎不知道「三國」，不認得關老爺，我們的孩子就要「孩子都不孩子」了。

其實，這樣的「責難」倒是好的。因為它提供我們支點，將各種源自「中國」認同於是不假思索的迷思各個擊破。歷史課本中，本來就沒有一個章節叫做「三國」。但

那是技術性的問題。我們要擊破的缺口在思維：「那麼在乎『關老爺』是吧？告訴你，你的關老爺，關羽，根本不是三國時代的歷史人物！」

西元二二〇年，東漢封建諸侯曹丕取代東漢獻帝而自行稱帝。東漢王朝終結後，西元二二〇年至西元二二一年，東漢原統有領土分裂為三個同時存在的王朝。「三國」的歷史意義，指的是西元二二〇年到西元二二一年間開始的政治、王權壁壘而言。而關羽之死亡，正是西元二二〇年。並且，是在西元二二〇年曹丕稱帝之前。「關老爺」從沒活過三國。對於關羽準確的歷史性描述，是「東漢末年軍事將領」。

「《三國演義》裡明明有關老爺！」那就對了，你拿著章回小說的雞毛當尚方寶劍來斬茲事體大的歷史教育課綱嗎？

事實上，人們所熟知，以桃園三結義、過五關斬六將、草船借箭、赤壁之戰、曹操敗走華容道、「賠了夫人又折兵」等掌故為基礎的「三國故事」，都發生在黃巾之亂肇始的西元一八四年到西元二二〇年之間，也就是東漢末年。就和關羽一樣，它們從來沒在「三國」出現過。而劉備本人，則在三國時代開始後兩年（西元二二三年）死亡。

西元一八四年到西元二二〇年，共三十六年。你的「三國」不是三國，是東漢末年。而讀者如你恐怕已經不耐煩地要說：「這跟台語有什麼關係？」

它們有一個能夠互相對照的關係。

西元一九四六年，中國國民黨在台灣成立「台灣省國語推行委員會」。但推行「國語」（中國國民黨政府制訂的華語「官話」）的初衷，卻在一九四九年後逐漸變調，先後以「各縣市政府各級學校加強國語推行計畫」及《廣播電視法》禁止在學校、電影院、街頭集會和公眾宣傳等場合使用包括台語在內的「方言」。[1]西元一九五七年，中國國民黨政府進一步禁止台灣基督長老教會在其刊物、出版品上使用羅馬字（POJ，白話字）。透過政治、軍事力量的扭曲，華語在台灣這個多族群社會的語言環境中，竟然逆勢成為霸權性的優勢語言。台灣也終於在不義政策的強逼下，成為一個單語（華語）的社會。直到西元二〇一九年，總統令公布施行《國家語言發展法》，台灣各語言才正式具有法定的平等地位。

西元一九四六年到西元二〇一九年，共七十三年。你的母語不是你的母語。這個時間幅度，恰恰是被當成「三國」之東漢末年的兩倍有餘。

一千八百多年以前，在遙遠的另一個板塊上的三十六年，看似沒有被強制規定必須出現在歷史課本裡，如果能引起軒然大波，還能氣得藝人徐熙娣義憤填膺說出「一

---

1 參見梅家玲（2010），〈戰後初期臺灣的國語運動與語文教育——以魏建功與臺灣大學的國文教育為中心〉，《臺灣文學研究集刊》，7期，頁154，註59。

（ㄒㄧㄣ）代（ㄉㄞˇ）女（ㄊㄡˊ）皇（ㄕˋ）武（ㄆㄢ）則（ㄧㄥˊ）天（ㄗㄚˇ）」的話，那麼發生在我們的上兩輩、上一輩，發生在我們的土地上，島國的住民「bē-su 袂輸」活生生被割掉舌頭，時間幅度上長過三國時代兩倍有餘的語言清洗、壓迫事件，我們應該要怎麼反應呢？

我們難道不揭竿而起，追究清算中國國民黨和它的黨羽們的政治責任和道德責任嗎！但事實上，我們並沒有。我們這個社會，寧願為了歷史課綱中沒有了一千八百年前另一板塊上頭被誤以為叫做「三國」的三十六年而忿忿不平。即使當代台灣兒童、青少年對於「三國」主題的知識，從來不是出於歷史課本。但歷史課綱中膽敢沒有三國，就有人要跟你臉紅脖子粗。

那麼，很顯然地，他們堅持歷史課綱中「必須」有三國，絕對不是出於教育的原因及考量。他們真正關心的才不是孩子們有沒有學到三國。他們真正關切的，是不能改變，是孩子的所學不能跟他們不一樣。而他們反正本來也就沒有認真學，否則也就不會把明明是東漢末年的史事衍生的傳奇就當成「三國」。但他們不管。總之就是不能不一樣。

以如此高張的情緒張力護持著，究竟守護的是什麼呢？他們不知道。他們是中國國民黨獨裁時期最理想最熱愛的被統治者。他們會不明究理地捍衛中國國民黨的體制設定好的各種規章，包括歷史課綱中的意識形態。更具體

地描述他們的面貌的話，他們是當前正養育學齡兒童、青少年的家長，更可能是正在閱讀本書的你昔日的同學們。並且，八九不離十，一旦會爲了「歷史課綱裡連『三國』都沒有了」這樣的假議題而氣急敗壞，他們必定也不願意你的孩子在學校必須依據《國家語言發展法》修習母語課程。

不會說母語沒有關係，但不能不知道三國。根本沒有人是從課本裡學到三國沒有關係，但學校教母語是浪費時間。

歷史課綱的「三國」爭議，跟台語是這樣的關係。兩相聯繫、對照起來，你將會發現我們島國上大多數人對於學校教育的期待與意見是多麼地詭異。你甚至會發現，自己曾經朝夕相處的同窗非但不願意思考、檢討學校拿什麼來教導我們的孩子，而且相當有可能反過來攻訐我們「竟然」去檢討學校拿什麼來教導我們的孩子。歷史和語言，在學理上從來不可能不相往來。在學院中，也往往被歸類在相鄰或類似的學門。於是，針對他們的守舊與反動同樣也將要連袂攜手。

但本書和對台語有心的夥伴如你，從來時興「魔高一尺，道高一丈」的超前部署，以連袂攜手的方式對守舊的反動進行反動。一九九○年代以來母語復振運動的果實，使說台語已經是毋需再辯論的預設值。我們更關切的是用台語「說什麼」？

台語可以說數學。台語可以說思維方法。台語可以說自然科學。台語甚至可以說來思考語文本身。而從「tsàu-kha 灶跤」，從家庭等私領域重新走進公領域的台語，才會是眞正的復振，才會有眞正的活絡，才能有眞正的發展。

| 03 |
語言學習
的「té-tì 底蒂」

　　二〇二〇年一月九日，教育部會議確定，自二〇二二年九月，也就是一一一學年度開始，九年一貫的國中七、八年級，將有一週一節必選修的本土語文課程。而國中九年級，本土語文課程則為校訂選修。具體而言，二〇二二年的國中七、八年級學生，一定要從原住民語、東南亞語、客語、台語中擇一，選修每週一節的本土語文課；國中九年級學生，則可視需要自主選擇是否繼續選修。

　　這項教育政策的轉變，因應《國家語言發展法》之制定，是台灣這個國家珍重母語及本土文化的重要進展。九年一貫課綱中，國小一到六年級的本土語文課程，實施已經二十年。二十年來，我國學童由於在義務教育中學習本土語言，因此具備族語、母語的基礎知識。既是一九九〇年代以來母語復振運動促成的巨大轉變，也是台灣正視自己作為一個多民族移民國家的進步成果。從所有人都

是「中國人」的威權時代，到國家以教育政策肯認公民的族裔特殊性，眞是長時期的持續演進促成的極大變化。但是，在語言教育政策演進、轉變的過程中，遭遇到的阻力及反對聲浪，二十年來倒是一成不變。

「這些時間爲什麼不拿來學數學、國文這些『重要』的科目？」、「母語在家學就好了啊！」、「孩子在學校的本土語言課本裡頭的字，家長根本看不懂啊。只會讓孩子更排斥台語。」更麻煩的是，我國現行的政策也有可能對本土語文課程形成排斥。一度箭在弦上的「雙語國家」政策，明確宣示台灣這個國家及社會眞正側重的是華語和英語。這將要令前述的第一個抱怨顯得更有道理：「本土語文課程的時間爲什麼不拿來學『更重要』的英語呢？」

「本土語文課程的時間應該拿來學習英語」這樣一句話，這樣的觀念，乍看之下並不奇怪，甚至頗有些理所當然。但我們不妨來分析看看，它是不是眞的天經地義而無懈可擊。

首先，它顯然認爲原住民語、東南亞語、客語、台語、華語、英語這些「都是語言」的科目「都不一樣」。好趣味喔，「都是X的東西都不一樣」呢，難道沒有哪裡怪怪的嗎？依照流俗不假思索的認知，的確一點都不奇怪。原住民語、東南亞語、客語、台語，屬於「只是溝通工具，根本不必特地花時間去學」的語言；華語，屬於「大家共同的溝通工具，所以一定要學習」的語言；英語，屬於「爲

了能夠與國際溝通、接軌，更是一定要學習（而且決定起跑點上的輸贏）」的語言。

　　不分析還好，筆者一旦這樣歸類起來，你就能夠看見，全部都是溝通工具的這些東西，竟然有從「不必特地花時間去學」到「不學會輸在起跑點」的差別。那敢情好啊，「要不要學台語」、「要不要學華語」、「要不要學英語」，這些問題如果答案各異，那麼，「我們究竟要不要學溝通」，這個問題會有三種答案嗎？

　　以上的辯證，讓我們看見，回答「學不學本土語言」之前，我們先決定了它們沒有效益。而英語的潛在效益，則讓「學不學英語」這個問題連問都不需要問。而這樣的先入為主，則讓我們從來沒有將本土語言當作語言來學；同樣地，也讓我們從來沒有將英語當作語言來學。這其實不難理解。如果「贏在起跑點上」是學習英語的動機，你真正在意的是英語這種語言，還是「贏」呢？

　　任何語言都是系統性的技術及知識。學好英語的方法，是能夠準確地掌握並且運用那個系統性的技術及知識。學得語言這種知識，同時也學得思考，學得探索、描述、分析世界的技巧。是在「學英語」嗎？不是的，是在學掌握、運用那個系統的方法。如果這樣說還太抽象，不妨想一想你一定曾經說過的一句話：「現在的小孩表達能力越來越差。」這句話，不就恰恰說明你認為自己對華語這個系統的掌握度高過「現在的小孩」嗎？更進一步問，

又如果「現在的小孩」普遍具有更高的英語能力，而會英語好棒棒，又為何要在意既已贏在起跑點的他們華語表達能力越來越差呢？

「語言能力哪能這樣一刀切？」如果想要這樣反駁，小心了，為什麼又覺得統稱本土語言的那些語言（及其表達能力）可以「不必特地花時間去學」呢？

歸根究底，我們對於語言的認知是錯誤的。語言是系統性的技術和知識，學會系統性掌握語言技術和知識的「方法」，才是學語言。而且它勢必會觸類旁通，根本沒有本土語言必須把時間讓給英語的問題。

台灣社會上，無謂地去區分「不需要特地去學」的語言和「非學不可」的語言。這種流俗，不妨用「賣油--ê」（賣油翁）的故事來破解。

神射手百發百中，「tshiú-lōo tsin iù 手路真幼」。「賣油--ê」在一旁看，只是「bî-bî-á tshiò 微微仔笑」。神射手很生氣，質問他怎麼不像旁人「tshui phok-á-siann 催噗仔聲」。「賣油--ê」取來「iû-kan-á 油矸仔」（油瓶），瓶口覆蓋「gûn-kak-á 銀角仔」，從高處倒油入瓶，油直穿銅錢正中的「khang 空」而過。銅錢一點都沒「bak-tióh 沐著」油。「賣油--ê」解釋，神射手和他的技藝，都是「sik-tshiú 熟手」之下老練的「kuàn-sik 慣熟」。

筆者介紹歐陽修〈賣油翁〉故事的方式，已經是在華語強勢的客觀社會條件下，在既有文本中提取具有當代實

用性語彙的示範。搭配教育部《臺灣閩南語常用詞辭典》等網路資源，可以教授字詞、單詞的呼音及變調、例句。除此之外，更能進一步觸及語言的文化內容。諸如台語的語用中，不太會說「賣油的老人（翁）」，通常習慣以職業代稱人，像是「賣油--ê」；「bî-bî-á tshiò 微微仔笑」是明確具有言外之意的語彙，這種具有文化特殊性的語彙直接表現在「puàh-pue 跋桮」文化中，人們普遍將「tshiò-pue 笑桮」的意思理解為神明「微微仔笑」，不置可否。[1]

更重要的是，「賣油--ê」故事中，神射手與賣油翁的技藝同樣屬於熟能生巧的部門，但是當神射手「露一手」，會得到技驚四座的喝采，甚至連射手本人都覺得旁人有喝采的義務。而賣油翁的同樣一種技藝，連在歐陽修的敘事中，都在喝采的外圍，只有神射手一人見證。示範之後，賣油翁恐怕也只是再挑起擔子，飄然而去。

故事的核心，參酌我們關於語言學習的流俗，實際上在說什麼呢？英語或許真正能夠讓人「贏在起跑點上」，或者「接軌國際」吧。但是，如果著眼在這些效益上去學，那就是著眼在神射手百發百中以後的掌聲；一旦這樣，會錯看了什麼呢？

會忘記了，真正學得好，需要投注的是賣油翁所

---

1 台語「thán-tshiò 坦笑」意思是「面朝上」。面朝上的「桮」因而稱為「笑桮」。

「khui-phuà 開破」的功夫（你看我又提取了一個實用性的字彙）。而一旦下了那種功夫，百發百中和滴油不沾是同一回事。

那個功夫的初心，不是把語言當成功的捷徑學，而是當作系統性的技術和知識去學。

（我為什麼寫一堆你不見得一望即知的台語詞彙？我要逼你去做查字典這個語言學習的基本功啊。）

| *04* |
害人體的病毒
和害台語的病毒

　　二〇二一年五月，中央流行疫情指揮中心宣布全國進入防疫第三級警戒。新型肺炎病毒自二〇一九年從中國開始向外傳播，最終遍及全球。直到我們因應社區感染破口，將防疫措施提升至三級，全國民眾居家自肅之前，台灣將病毒防堵在國境之外的時間長達一年半。台灣全國通力合作，令來自中國的肺炎病毒不得其門而入的時間，也剛好和筆者撰寫本書的時間重疊。

　　全球大瘟疫（pandemic），台語說「tsuân sè-kài tiȯh-tse 全世界著災」。沒錯，這個「tse 災」，就是瘟疫。「Tiȯh-tse 著災」，則是在說病毒擴散形成瘟疫的狀態。在中國向全世界輸出肺炎病毒以前，亞洲各國也在中國輸出的「ti-tse 豬災」中相繼淪陷。（剛好又是台灣成功地將它阻絕於國境之外。）有「豬災」，可以想見也會有「ke-tse 雞災」。而家禽類的「著災」，根據保留有大量中國國民黨不義「國

語政策」之前台語語彙的《臺日大辭典》解說，台灣人稱做「tsáu-tsuí 走水」。

　　大約一百年前，「西班牙流感」肆虐全球（但病毒並非源自西班牙），造成數千萬人染疫。蔣渭水、賴和等醫師都在他們寫下的文字中提及全世界疫情的時節，台灣人會在日常中說：「Tsuân sè-kài teh tiòh-tse. 全世界咧著災。」

サウ ツイ 走水。一密輸入をする。做 ──＝密輸入を業とする二甲地方の貨物を乙地方に販賣する人。旅商人。三家禽が疫に罹る。病死する。熱水的。ツイ的雞鴨較能──＝暑時分の雞や鶩はよく疫病に罹って死ぬ。

《臺日大辭典》收錄「走水」詞條

經過約略一百年，「武漢肺炎」再度造成全球性的疫情（病毒眞的源自武漢），能夠用「災」、「著災」這些語彙言說大疫的台灣人已是少之又少。箇中原因是中國國民黨「準殖民」式地統治台灣，形成了不自然、不平等、不義的語言環境，使台灣這個國家之中，華語以外的語言都面臨凋敝的命運。我們不免要長嘆，這何嘗不是一個（老是）來自中國的「著災」呢？語言的「著災」。

「Tio̍h-tse」、「tsáu-tsuí」，即便用上漢字「著災」、「走水」，怎麼看都感覺得到，這個語言和華語「瘟疫」有多麼不一樣，連長相都長得不一樣。「著災」、「走水」和「瘟疫」一經比較，你就看得到台語和華語訴諸的概念元素不一樣，指涉的具體動作不一樣，組織字詞的邏輯不一樣，使用的符號也不一樣……你別說他們「都用了漢字」。聽過「六度分離」理論嗎？任何素不相識的兩個人，中間都只隔著六個人，A 不認識 B，但 A 認識 1，1 又認識 2，2 認識 3……依此類推，至多到 6，6 就會認識 B。不妨問問自己，「走水」和「雞瘟」之間，你得猜幾次，錯幾次，才有辦法把它們連起來？

「你給翻譯翻譯，什麼叫『走水』？」當你面臨這樣的問題，有沒有可能像《讓子彈飛》裡頭葛優飾演的師爺一樣，露出提問的人簡直不可理喻的表情，說：「這還用翻譯？『走水』就是『雞瘟』！」你有可能這樣說嗎？不可能。他們連長相都長得不一樣。而語言、文字之「長得

不一樣」，就是他們連使用的符號都不一樣所致。

　　三級警戒中的台灣，病毒傳播鏈已進入社區，這就是「tióh-tse」。除了全國上下一同防疫自肅，需要靠施打疫苗來控制疫情。說到疫苗，有人不打，有人被逼打，有人飛美國打（回來還確診），有人想被中國打，也有人偷打。國產疫苗解盲成功，全國兩樣情。有人歡欣鼓舞，有人繼續唱衰。於是就有人說：「不爽別打。」

　　這問題就來了。「不爽別打」是「bē-sóng mài phah 袂爽莫拍」嗎？如果是的話，施打疫苗第一劑，被打一針，就是「phah-tsiam 拍針」囉，是不是哪裡怪怪的？沒錯，「拍針」就是「打針」完全照字面的翻譯。[1] 而它是行不通的。前文說過，台語和華語連「指涉的具體動作」都不一樣。「打針」就是一個完美的例子。

　　「打針」在華語中的意義很明確，絕不是「去打擊針」，而是「以針（筒）施打」。「打針」指涉的其實是醫護人員施以針劑的動作。在這個詞彙中，實際上是施以針劑的人採取主動。而「打」這個動詞，本身就有「施打」的意義。然而，照字面把華語的「打」用台語說成「phah拍」則完全行不通。因為台語的「phah 拍」就是「打擊」、「拍擊」的意思，並沒有「施打」這一層意義。台語是用「tsù 注」來說「施打」這個動作，指涉的是將藥劑注入

1　金門話有「拍針」，但並不是受華語影響而把打針說成拍針。

人體，說成「tsù-siā 注射」。「袂爽莫拍」在疫情的脈絡裡是講不通的，說「袂爽莫注」較理想。

但「袂爽莫拍」反而是個極適合本書讀者諸君的詞組。你會讀這本書，想必具有「袂爽莫拍（gín-á 囡仔）」的進步理念。當然，「袂爽莫拍（針）」多少也說得通；爽或不爽，你都不會想「拍針」。拍落去，手掌就被穿刺。好玩嗎？

前一段話，聽來有點荒謬吧？荒謬的原因，就在於台語和華語是不同的語言。你不能說「打針」就是「拍針」。因為華語「打」和台語「拍」並不是同樣的動詞。它們的語意或許有交集，但「施打」這個動作，恰好就在它們的交集之外。而無視或沒有意識到沒交集，直接把華語「打針」說成「phah-tsiam 拍針」，則是一個悲劇的延續。

我們的大腦，我們的中央處理器，都已經被不義的語言環境將預設值設定為華語。預設值是華語，又缺乏台語語彙，運算時，華語就會將台語直接覆蓋掉（overwrite）。想用台語說打針，就直接以華語輸出訊號，稍事處理，變成意義上就算沒有完全說不通，也不準確的「phah-tsiam 拍針」。「phah 拍」久了，「tsù-siā 注射」就會失去，就會沒有人講。

而這樣的歷史，完全就是你現在不會說「tióh-tse 著災」、「tsáu-tsuí 走水」的歷史。一模一樣的歷史。具有霸權地位的語言將被壓制的語言直接覆蓋掉的歷史。

在語言轉型正義的追求中，有一種聲音，其中不乏知名學者的聲音，不斷試圖讓華語繼續據有霸權的地位。這種聲音，以「台灣的華語」已經具有在地性為本位，企圖將台灣的華語想當然耳地再一次提升為「舉國可以共同擁有、認同」、具有共通性的民族語言。這樣的言論，就算不是出於惡意，也是蓄意地視而不見。

　　在疫情當中，一旦試圖 làu 台語，我們就會清楚地看見，那個被拿來標榜的，台灣華語專屬於台灣的「共通性」，剛好是扼殺台語的病毒與暗箭，殺你於無形之中。

　　我們需要奮起 làu 台語。像是把病毒阻絕於國境之外一樣，阻斷這種語言意識形態的「災」。

| 05 |
說台語的政治性

　　二○二一年四月廿二日，網路媒體「表演藝術評論台」刊登了由葉根泉撰寫的〈因果輪迴的奈何橋上一瞥《十殿》〉。該文評論「阮劇團」以全台語演出的新作《十殿》，並特別針對本作的演出語言寫到：

　　「阮劇團所強調的幾乎全台語台詞，雖是阮劇團的特色，逆向操作於台灣現代劇場百分之九十以上華語為主的生態，但獨尊台語亦會形成語言的霸權，產生排他性。」

　　劇評家葉根泉的論調，並不獨特。它實際上是大多數人經常不假思索就脫口說出的話。經驗告訴我們，街談巷議式的語言，經常是漏洞百出的。葉根泉的論調，只一個句子就自相矛盾：第一，「台灣現代劇場百分之九十以上華語為主」，是不是一種華語的霸權呢？第二，「但獨尊台語亦會形成語言的霸權，產生排他性」，依據前半句話，台灣現代劇場中佔比顯然低於百分之十的台語，到底是如

何被「獨尊」的呢？又，台語產生的排他性，讓華語只好佔據百分之九十以上的台灣現代劇場，這樣嗎？

葉根泉的立論完全經不起檢驗。但我們仍然不能夠忘記，葉根泉畢竟是絲毫沒有批判思維地抄襲了街談巷議式的語言，也就是「大家都這樣說」或「大家都這樣認為」。這種大家都自相矛盾的論調，著眼的是華語和台語。佔比百分之九十以上的華語，再怎麼樣都不可能是霸權。而使用華語評論的葉根泉則示警，不到百分之十的台語將會形成語言的霸權。

就讓我們先順著葉根泉的思維，當作台語的確會形成（或成為）語言的霸權好了。那麼，最壞的發展，不就是台語和獨佔百分之九十的華語爭霸嗎？而華語願不願意讓比百分之十還弱的台語膽敢同它爭霸呢？華語葉根泉顯然是不允許的。華語不准自己「被爭霸」。

它怕什麼？獨佔百分之九十語言市場的華語，怎麼竟然會怕？答案在歷史，在不自然的歷史。

一九四五年，當中國國民黨以同盟國身分武裝接管台灣，台灣的語言環境和今天我們面臨的環境恰恰相反。除了前任殖民者的語言日語之外，台語是台灣最通行的語言。中國國民黨武裝佔領者口中南腔北調的華語，聽得懂的台灣人恐怕也不到百分之十。幾十年之後，語言環境發生了激進的改變，台語、華語的地位倒轉，形成了當前華語獨佔百分之九十以上的景況。台語瀕臨死亡。客語瀕臨

死亡。各族原住民族語瀕臨死亡。

　　但是即便如此，華語葉根泉仍然以為具有立場來警告瀕臨死亡的台語：「你有形成語言霸權，產生排他性之嫌。」葉根泉的語言，和其中內蘊的恐懼，剛好是華語在台灣取得壟斷地位的歷史：以武裝、政治性的力量獨尊華語，藉以形成霸權，進而對其他語言產生排斥。華語的恐懼，就和中國國民黨懷疑他黨做票，懷疑政府對疫情蓋牌一樣。原因無他，他們從前一向是那樣做的。他們對於別人的預期，唯有小人之心。

　　葉根泉的論調沒有洞見，只是抄襲街談巷議式的語言。同時，也反映了街談巷議式的語言對當前台灣語言環境的認識，缺乏歷史性及政治性的認知。「台灣現代劇場百分之九十以上華語為主」並不是自然而然的發展，也不是前提，而是中國國民黨不義的「國語政策」的政治性後果。而中國國民黨獨裁體制的政治性手段，還包含了將台灣最大的語言族群「台語人」塑造成準霸權形象，來合理化對於台語的打壓。

　　中國國民黨和華語的這個手段，還有更惡毒的後著。一邊打壓你，一邊高喊：「你這個霸權！」這樣做的效果，便是哪怕其他更弱勢的語言也一併被打壓，他們將要誤認為打壓他們的是叫做「霸權」的那個傢伙。而主導打壓的中國國民黨和華語，倒順勢撿到了仲裁者的角色。獨佔百分之九十以上，還沒有人認得出來它才是霸權。這是造就

當前台灣語言環境的政治性因素。而大多數人根本不去認知這樣的政治性因素。而「不被認知的政治性因素」，在學理上，剛好叫做「意識形態」。我們有一個華語的意識形態，而那個意識形態叫做「國語」。

叫做「國語」有什麼奇怪？你先聽聽這句話：「台灣明明有很多語言，憑什麼台語叫做『台語』？」很熟悉吧？這是我們的社會上爭論不休的問題。在台語應該要稱為閩南語的論調中，前述那句話根本是首主打歌。然而，「台灣這個國家明明有很多語言，憑什麼華語叫做『國語』？」這句同樣邏輯、同樣脈絡的話，你聽到的頻率，一定少了許多許多吧？而這個差異，這個矛盾，這個顯然雙重標準的現象，成因就是前頭說過的政治性和意識形態。華語叫做國語不會被檢驗，不需要被檢驗。台語叫做台語，則是一種霸權。

更進一步去思索，我國官方把華語叫做國語，把台語叫做「臺灣閩南語」。教育部設立的線上辭典，前者叫做《教育部國語辭典》，後者叫做《教育部臺灣閩南語常用詞辭典》，都是政治性的結果。具體來說，這些稱呼的真正意義，不是「華語的名稱叫做國語」或「台語的名稱叫做臺灣閩南語」。真正的意義其實是「台灣這個國家有把華語叫成國語的政治性需求」和「台灣這個國家有把台語叫做臺灣閩南語的政治性需求」。而那些需求，則是產生自台灣這個國家經歷反覆殖民的歷史，以及歷史進程當中

族群之間的矛盾和緊張關係。

　　台語人自來將他們所使用的語言叫做「台語」，這是歷史事實。甚至，在中國國民黨以武裝佔領者身分來到台灣之初，也沿用在地人的習慣，把這個語言稱做台語。一九五八年，中國國民黨的國防部總政治部印行給中國國民黨人作爲教材的《注音臺語會話》，封面標題還有蔣介石親筆提署。後來「閩南語」的出現，完全出自中國國民黨在台灣宣稱代表全中國，並且台灣屬於中國的政治性

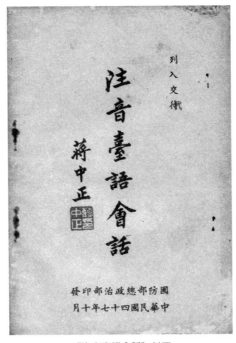

《注音臺語會話》封面

需要。中國國民黨把台語叫做閩南語，是政治性的政策結果。當前的台灣人把台語叫做閩南語，則是中國國民黨教出來的。而再一次地，正因為這些政策和舉措完全不是自然的語言環境中應該出現的現象，所以需要一個將這一切合理化的說詞。什麼說詞？「台灣明明有很多語言，憑什麼台語叫做『台語』？」

不假思索地抄襲，不假思索地拾人牙慧，就這麼開始了。到最後，這些明顯窩藏邏輯謬誤的政治性語言，滲入了我們的意識之中。其後果，嚴重到一個本應力求字字珠璣的評論者如葉根泉，竟然自甘淪落到抄襲街談巷議式語言的地步。其後果，嚴重到了母語非華語的族群竟然中了中國國民黨分化族群的招，而熱衷於彼此檢討審查的地步。

華語竟然叫做國語，台語竟然不准叫台語，都是政治性的後果。而我們國家語言環境要愈發趨向公義平等的明天，從我們正確地以政治性思維去思考當前的語言環境開始。

| 06 |
對台語音
的覺察和分析

　　報身分證字號是大家都有過的經驗。你都是怎麼報首位英文字母的呢？

　　筆者有個朋友，身分證首位英文字母是 P；他總是用台語說：「P，people ê P。」每次聽，每次覺得好笑。這是一句夾雜台語和英文的話。用台語形容，這句話就是「台語、英文『lām 濫』咧講」。但這句話之所以有趣，不僅僅在於其草根和直白。他還表現了一個前提：說出「people ê P」，意味著說話的人預期台灣這個社會當中的人，只要聽到「people」，無論是依據音節聽到「pee‧pl」，還是直覺地拼出「p，e，o，p，l，e」，總是知道這個字裡有一個「p」。在台灣，只要接受過國民義務教育，大概不會不知道 people 這個字裡有一個 p。

　　以這個認知做基礎，對於 people 這個字的「pee‧pl」這兩個音節能夠了解到什麼程度？那就得看造化、際遇或

是所掌握的教育資源如何了。

　　有的人恐怕就只知道有個 p，但「p，e，o，p，l，e」拼不完全。有的人聽得出這個字有 pee 和 pl 這兩個音節，甚至能夠用筆者列舉的方式來表記。有的人也許能夠觸類旁通、歸納分析。「eo」或「oe」這兩個字母的組合，在英語的發音規則中經常唸長音的「ee」。於是乎，《哈利波特：鳳凰會的密令》裡頭「鳳凰」那個字的 phoenix 讀作「fee·nuhks」，而電視影集《六人行》中的傻大姊 Phoebe 名字讀作「fee·bee」。別忘了，能夠對聲音做出這樣的覺察，並且能夠將覺察到的物事用符號表記下來，看似只是書面上的操作，實際上已經完整地運用到聽、說、讀、寫等技巧。而具備這些技巧並且能夠運用，必須經由「教育」這個途徑。

　　人一旦被教得好，那就能敏銳地感知、分析聽到的語音，並且進一步用文字符號表記下來。如果被教得不好，或者，各種語言的能力被教得不均衡呢？有一個極端的例子，或許也是頗熟悉而有親切感的例子：

　　「People ê P」寫成「匹剖ㄟ匹」。

　　在同一種文化、同一種語言能力發展不均衡的社會中，這樣的例子層出不窮：「m̄-thang 毋通」寫成「母湯」[1]，

1　於 2017 年開始流行，出自已故網路直播主「光頭哥哥」陳俊傑拍攝的「哥哥母湯喔」影片。

「kui-kang--ê 規工--的」寫成「歸剛欸」、「ㄍㄨㄧ 剛ㄟ」[2]。

有人說：「看起來有親切感，好笑就好。」聽起來似乎不錯。但是，這個說法有些經不起追問。「實在很 m̄-thang」這句話是因為寫成「實在很母湯」而好笑的嗎？顯然不是啊。首先，這句話用講的已經很好笑。聽到，根本不需要表記下來，就已經很好笑。跟「P，people ê P」一樣。既然不是因為寫成「母湯」才好笑，「寫成『母湯』」又有什麼好理直氣壯的呢？

我猜想，讀者恐怕會繼續問：「如果 m̄-thang 本身已經好笑，那麼表記成『毋通』又憑什麼比『母湯』更優越，或者更具有合理性呢？」答案就在前頭。一旦人們各種語言的能力完整而均衡，何苦要寫成「母湯」呢？又或者，因為不會寫「覡覡」，所以乾脆寫成「季於」，難道會好笑嗎？仔細想想，如果真的好笑，那也是「不會寫『覡覡』」被笑了。有人不識字，他的不識字被笑了，我們會不會去附和呢？有人不會走路，他的不會走路被笑了，我們會不會去附和呢？我們不會那樣做的，我們恐怕也不敢。那麼，不會寫覡覡只好寫季於，不會寫 m̄-thang 只好寫母湯，到底有趣在哪裡？

---

2 於 2021 年底開始流行，原為一部水母被人類騷擾舉起導致「頭身分離」的抖音短影片，全球瘋傳。在台灣，經「永和檳榔王」配音上字，讓水母以「歸剛欸」斥責人類沒事找事做，就此迷因化並成為台語流行語。

我們更且不要忘了，把「覬覦」寫成「季於」，叫做寫錯字。把「m̄-thang」寫成「母湯」，怎麼就有趣了？

　　它其實不有趣。其中窩藏著一個現實，就是台語和華語在台灣社會裡並沒有一樣的地位，它們並不平等。如今，這個現實，在台灣社會上已經被越來越多人看見，並且試圖將它矯正。但是，其中還窩藏著另一個藏在細節裡的魔鬼。這個魔鬼，傷害著台灣社會的每一個學童。我們的孩子，我們的社會，都在被這個藏在把「m̄-thang」寫成「母湯」細節裡的魔鬼傷害。

　　用「母湯」去表記 m̄-thang，意味著我們的社會中大多數的人只會用ㄇㄨˇ ㄊㄤ去想像 m̄-thang。而這有什麼不好？最嚴重的不好，就不好在「注音符號」、「ㄅㄆㄇㄈ」這個系統是個不科學而且沒有效率的系統。但我們的孩子對於語音的認知和想像，卻建立在這個大有瑕疵的系統上。

　　ㄅㄆㄇㄈ無法準確而有效率地分析聲音。在台語羅馬字裡，a、b、t、e……，每一個符號都是最基本的聲音單位，而ㄅ、ㄆ、ㄇ、ㄈ卻不是。別的不說，就講ㄇㄨˇ ㄊㄤ的ㄊㄤ吧。ㄊ是一個子音，其實就是 t；而ㄤ呢，卻是一個複合的聲音，ang。ㄤ根本是由母音 a 和複合子音 ng 組合起來的聲音。試想，同樣聽到華語「湯」這個聲音，把它分析成ㄊㄤ的孩子和把它分析成 tang 的孩子，哪一個對聲音的理解和掌握比較細膩呢？比聲音的零組件

就好。把「湯」拆成ㄊㄤ，兩個零件；拆成 tang，四個零件。明顯是後者比較會拆、比較敏銳。

「母湯」之不好笑，在於我們的孩子不僅是東南亞語、原住民語、客語、台語等各自的母語後天失調，實際上，他們被教得連華語都會不好。沒別的原因，他們最熟悉的系統是一個不科學、不準確而且沒有效率的系統。他們被教得對於語音的感知一點都不細膩。那他們什麼語言都學不好。包括華語，包括那個被預設為所有人都會的語言，包括那個所有人理應都要很會的語言，其實都沒有很會。

再進一步想，如果我們大部分的人，都會反射性地、不假思索就把 m̄-thang 寫成母湯，你要怎麼確定你的孩子不是用「匹剖」在記 people 呢？這樣的話，學得好嗎？無論是學任何語言……？

這樣是不是很 m̄-thang？（然後，這個 m̄-thang 還好笑嗎？）

怎麼辦？變敏銳，變細膩，變強，用準確、有效率的系統。目前，無論是原住民語、客語、台語的教學方案，最通行的基礎都是羅馬字。從羅馬字開始學習一種語音，別的不說，就是以最基本的元素學習一種語音。然後，便可以觸類旁通，舉一隅能以三隅反。用羅馬字把台語學起來，學習的過程中，透過拉丁化的字母練習對聲音的敏感度。接下去，學英語又有何不可呢？聽到英語的 people，

聽見的是 pee・pl 這樣的聲音，透過整理歸納習得拼音的規則和例外，然後 phoenix、Phoebe 都不用死背。

　　強記的讀者勢必還有印象，本書的最初寫到筆者在哥倫比亞大學圖書館以羅馬字拆解ㄅㄆㄇㄈ。拆解後，對華語語音的認識趨於細膩。然後，在自學台語時，搭配既有拆解語音的經驗而事半功倍。筆者的華語先變好，台語也跟著變好了。重點不在誰先誰後，只要用對工具，用對方法，它們全部都是能夠觸類旁通的。

　　我們的台語不夠好。我們的英語不夠好。真正的病灶在於我們自以為華語夠好，而且華語夠好就好了。殊不知我們的華語學習用錯了工具和方法，以至於我們的華語根本不好，進而導致什麼語言都不好。

　　我們都不要再這樣了。以前錯在把華語當成核心，以至於ㄅㄆㄇㄈ變成核心。我們都不要再這樣了。我們要把華語拉下來和其他語言平等。這樣的話，對語音的覺察和分析才是核心。一切語言的核心。

| *07* |
看不懂，正好學

　　二〇二二年三月中，台語（文）界有一場引人注目的活動。國立臺北教育大學名譽歷史教授李筱峰在獨立書店「左轉有書」的「哲學星期五」講座，「商榷」教育部線上《臺灣閩南語常用詞辭典》的用字問題。

　　李筱峰教授在台灣民主運動和歷史學界成就卓越，對於台語的復振和推廣也有一樣的操切和熱心。他認為，教育部台語辭典的用字以及教育部部薦台語「正字」需要再商榷，出自以下樸素的擔憂：如果部薦台語正字不接近當前台灣人（慣用華語、華文）的直覺，使用「標新立異」的選字，將使人「望而生畏」而拒絕學習。

　　李筱峰教授最主要「標新立異選字」的舉例有兩字：第一，台語的「kha」，人體的足部，部薦正字做「跤」，何以不用大家早已用得習慣的「腳」；第二，「tshuì」，人體用以進食、言語的器官，部薦正字做「喙」，何以不

用大家早已約定俗成的「嘴」？李筱峰教授說：「這樣子，人家一看便看不懂，就不想學了。」

哎呀呀，在歷史學界著作等身、啓發眾多後進（包括筆者）的李筱峰教授，畢竟不是語言、文字學家，恐怕在教育理念上也可以再商榷。

台語的正字不依華語中的「用得習慣」、「約定俗成」來選字，也有一個根本的因素：因爲台語不是華語。兩種語言之間存在著不符合直覺的差異，是再自然不過的事。這一點連李筱峰教授都感同身受。以「很慢ㄟ奶雞」、「老杯、老木」應該寫做「現挽的荔枝」、「老爸、老母」來開場的李筱峰教授，顯然並不想給人倚老賣老的印象。他用自己少年時的經驗補充，當年少的他將台語中的比較級「khah」寫做「卡」，隨即被他的詩人祖父糾正：「爲什麼要寫『卡』？明明就是『較』！」哎呀呀，那敢情好，「現挽」、「荔枝」、「爸、母」、「較」，恰恰全都是教育部台語辭典的部薦正字，所以到底有什麼好商榷的呢？

李筱峰教授演講的現場，頗有一些狂熱的支持者，指控教育部台語辭典的選字「錯誤百出」。但這些支持者的動機和李筱峰教授樸素卻顯然錯誤的擔憂略有不同。他們代表的是台語復振運動以來，以嚴謹的考據學、聲韻學、文字學功夫尋求台語正確「本字」的學術關懷。這些熱情，仍然是樸素的。指出教育部台語辭典的錯誤，是他們爲台

語復振、推廣工作盡一分力的方式。他們顯然認為自己在幫助台語的傳承工作更正確。

狂熱支持者的執著和李筱峰教授一樣情有可原。中國國民黨威權專制時代不義的語言政策曾經高壓地取締、迫害、查緝台語的發展和傳承。在高壓的肅殺氛圍之下，台語文化的工作者形同祕密地收藏起禁忌的知識。當外界風聲鶴唳，唯有他們在黑暗孤絕中鑽研台語。這一段歷史，勢必讓台語文化工作者產生根植於使命感的堅持。當台語復振的風氣和空間打開，那一份堅持仍在，甚至更豐沛，終至變成對於護持台語的一己之見之堅持，終至搞錯了對象。

李筱峰教授把切合直覺當作「正確」，狂熱的支持者把正本清源當作「正確」，都是執著盲點而昧於事實。「很慢ㄟ奶雞」、「老杯、老木」應該寫做「現挽的荔枝」、「老爸、老母」，並不是因為後者那樣的寫法正確，而是因為它們是「標準化」的寫法。教育部的部薦用字稱為「正字」，並不是說它們正確，而是說它們是書寫台語文的正軌、常軌，具有統一性。這樣寫，會和大家都一樣。它們正確嗎？教育部台語辭典的選字以負責編纂的專家委員在折衝妥協後能夠接受的方案為依歸，彙整成暫時性的標準方案。何以說「暫時性」呢？因為和華語一樣，教育部的辭書編纂委員會持續地折衝妥協，修訂原有的辭書。每一版部訂辭書都是暫時的。而有在修訂有在變遷，恰恰是該

語言活著的證明。

本來就不是在追求「正確」，而是「標準化」。標準化有什麼好處？一旦標準化，那就不會是學有專精的台語文化工作者獨有的知識，而會變成社會全體能夠依循既定的模式和規則去習得的知識。實際上，標準化才是台語、台語文普及化的必要條件。唯有標準，才能夠達成普遍。否則，大家就會「很慢ㄟ奶雞」、「狠慢A來雞」……這樣地各行其是。再進一步想想，如果追求絕對的「正確」呢？那就會自古皆然地文人相輕，各個專家較勁誰比較正確。恐怕會有成百成千的專家同時說：「我的才對，教育部台語辭典是錯的。」而成百成千的他們，正確答案難道都一樣嗎？那仍然會是各行其是，恐怕很高尚，但也就是高尚地各行其是。那就永遠不可能推廣，永遠不可能普及，反而是和台語的復振和推廣背道而馳。

實際上，從二〇二二年九月開始，中等教育課綱在國中端就要有兩年本土語言必修，在高中端有一年本土語言必修。「跤」、「喙」這些不符合直覺的台文漢字會妨礙學習嗎？不要忘了，李筱峰教授自己的台語文經驗中，「卡」才符合他的直覺，但那顯然並沒有妨礙他學得「khah較」嘛。還拿來舉例，甚至在無意間肯認教育部台語辭典的選字而不自知呢。

更不用說，李筱峰教授自己去「再商榷」教育部辭典選字的動機，就藏著標準化的底蘊。李筱峰教授除了擔心

大家不學外，對於教育部台語辭典頗有微詞的原因是：
「（教育部台語辭典的選字）我的詩人祖父絕對看不懂。」
看得懂的。李筱峰教授的故事中，他的祖父看得懂「卡」，
也看得懂「較」，都是在寫「khah」。而李筱峰教授的祖
父怎麼說呢？祖父要李筱峰教授採取跟他一樣的寫法。兩
個人用同樣的寫法……。哎呀呀，標準化，是你嗎？

　　不會，不懂，於是去學。但在李筱峰教授的理念中，
卻是「如果讓我看不懂，我就不學了」，或是：「我的祖
父一定看不懂，別人怎麼會想學？」退一步說，我們就接
受李筱峰教授的祖父一定看不懂當前教育部的部薦台語文
正字 [1]。而萬一，這位學富五車、飽讀詩書的詩人竟說：
「看不懂，那我來學。」哎呀呀，那怎麼辦呢？教育部台
語辭典的選字還要不要商榷呢？

　　其實是不學，找一個藉口。我們都很清楚。三十年來，
我們真正在面對的問題始終是不學。

1　其實是懂的。祖父教李筱峰教授寫的「較」恰恰就是部薦正字。

| *08* |
語言是不是溝通的工具？

　　二〇二二年九月開學季，各大學院校都在歡迎新鮮人。台灣大學學生會的迎新手冊推出台文版本。不熟悉台文閱讀的人在網路上討論此事，表示台文迎新手冊讓他感覺「像是文盲」。社交媒體及平台上爭論台文的風波又起。每一次台語、台文引起討論，「語言是溝通的工具」這樣的論調必定會堂而皇之地登場。說出「語言是溝通的工具」，彷彿就能一錘定音地結束討論。但事實上總是事與願違。為什麼呢？

　　「語言是溝通的工具」，這句話看似無法反駁。因為它真的是啊！我們的人際關係，幾乎完全以「語言」作為基礎。打招呼，「sio-tsioh-mng 相借問」，進一步噓寒問暖「puah-kám-tsîng 跋感情」，語言是不可或缺的中介。除了以聲音傳遞的語言，人的表情、肢體動作，也都是「語言」。更不用說察言觀色，看場合、對象來說話。我們無

時不在識讀社會成規裡的「語言」。語言當然是溝通的工具，這句話不但看似無法反駁，甚至是放在任何情境、任何地區、任何時空都能夠成立，都不會出錯的「真理」。

但這句話出現在關於台語、台文的爭論之中，的確有一個大問題。當這句話被說出來，幾乎總是反對台文識讀的人拿來表明台文之存在沒有必要。當這一句話被說出來，幾乎從來都是不完整的。這一句話永遠有弦外之音，這個弦外之音不外乎是這樣：語言（只）是溝通的工具，（以下是沒有說出來的部分：）

> 硬要使用台文只是在搞政治；
> 別人根本看不懂於是無法溝通的台文沒有價值；
> 台文沒人看得懂（還讓我覺得自己彷彿文盲），所以沒有溝通的誠意。

華語是溝通的工具，台語必定也是；華文是溝通的工具，台文必定也是。但如果在前頭提到的討論中，「語言（只）是溝通的工具」可以拿來否定台語、台文，那只有兩種可能：台語、台文不是語言，或台語、台文不是工具。再進一步說，如果「語言（只）是溝通的工具」可以拿來否定台語、台文，那麼這句話真正的意義只有一種可能：

唯有華語是溝通的工具。

「唯有華語是溝通的工具」，是不是好像在哪裡聽

過？沒錯，那就是中國國民黨專制獨裁時期的語言政策，在學校說台語要罰錢、掛狗牌的時代嘛。那真是再清楚不過了，「語言（只）是溝通的工具」這種論調之所以會在否定台語、台文的修辭裡頭層出不窮，那是因為它實際上是中國國民黨獨尊華語的政策及意識形態，仍然陰魂不散地在糾纏著我們。「Khuànn tiòh kuí 看著鬼」啦！

硬要說台語、寫台文是在搞政治；目前華語、華文才是大家會使用的工具，台語、台文沒有實用價值；大家會的是華語、華文，用台語、台文就是沒有誠意溝通。這些「語言（只）是溝通工具」的弦外之音，基於毒樹毒果的效應，也都是獨尊華語的「國語政策」的餘毒。但是，為了公平、謹慎起見，我們就來仔細看看這樣要求台語、台文有沒有道理。

第一項，「硬要說台語、寫台文是在搞政治」的問題，本身就是政治性的。「國語政策」中，唯有華語才是溝通的工具，就是一種極偏頗、不公義的政治。台灣的民主化進程也是一種政治，而它的美妙就在於我們用了舉國的力量來追求公平、公義的政治。這在語言上的表現再簡單不過：新住民（東南亞）語、原民語、客語、台語、華語，都是彼此平等的溝通工具。使用任何一種語言，並不會排斥另外的語言；使用任何一種語言，也絕不能被視為排斥其他語言。

第二項，台語、台文沒有實用的價值，這就有趣了，

有一個極日常的例子能夠作為我們的參照。我們不妨搭上台鐵區間車來去台北。列車即將抵達台北城，一串銀鈴般的和弦之後，區間車說話了：「台北，快到了。」說的是大家都懂的華語，但它並不就此打住，反而繼續說：「We are now arriving at Taipei. Tâi-pak, teh-beh kàu--ah. Toiˇ bed` oi do leˇ.」哎呀，那敢情好。如果較少人使用的語言較不具實用價值，我們該如何解釋這種情況呢？台鐵隸屬交通部，也就是說，這個機構使用納稅義務人的稅金來裝備他們的各級列車，讓列車們會說最多人使用的華語之外較不具實用價值的語言。如果相對於華語較少人使用的英語、台語、客語較沒有使用價值，那麼台鐵列車上行之有年的公共廣播系統就叫做浪費公帑。而它是嗎？實際上，一個法治、自由的社會處理語言問題的邏輯，往往和流俗價值導向的意識形態背道而馳：越少人使用、越弱勢的語言，反而越應該獲得公權力和公共資源的挹注。

第三項，「使用並不是大家都會的台語、台文，沒有溝通的誠意」，這個問題仍然能夠以台鐵多語言廣播來說明。我們來試著想一想，「台北，快到了」是說給誰聽的？廢話，當然是說給旅客聽的。但是，如果我們再問：「客語的『Toiˇ bed` oi do leˇ』又是說給誰聽的？」讀者一定會回答：「廢話，當然是說給講客語的人聽的。」沒錯，是說給客語人聽的。這會兒，真正的問題就來了：「Toiˇ bed` oi do leˇ」這一句話的目的是要讓華語人、英語人、

台語人聽懂嗎？顯然不是。華語人、英語人、台語人聽不懂「Toiˇ bed` oi do leˇ」，並不是客語的責任。這一句客語人之外沒人聽得懂的公共廣播，完全沒有要展現使人聽得懂的「誠意」。

法語沒有要使英語人聽得懂的誠意。義大利人手舞足蹈的肢體「語言」沒有要讓拘謹的日本人聽／看得懂的誠意。台語當然也不會有讓華語人聽得懂的誠意。實際上，它也沒必要有。任何一個特定的語言，它的功能都只是讓既已懂得的人了解。它完全不負擔讓本來不懂的人能夠懂的責任和義務。

這就清楚了，不是嗎？本來就沒有溝通的誠意！或者，我們不妨再回過頭去看，語言是溝通的工具嗎？讀者們這會兒想必會三思才回答了吧。是，也不是。在兩個或一大群懂得同一種語言的人之間，語言是溝通的工具。除了上述這種狀態之外，語言在絕大部分的情境之中是一個障礙。不會？聽不懂？正常的狀態下，人們會藉助翻譯，或索性自己去把不會的語言學起來。

不會，聽不懂，讀不懂台語、台文，反而責怪起台語、台文來，還真是只有中國國民黨「國語政策」意識形態盤踞的腦袋才會這樣。

第三部

歷史上
的台語

| *01* |
記號的奇幻漂流‧其一

　　想像一個國度，叫做福爾摩沙。她的文化，以拉丁化的文字作為底蘊。她的子民「乃不知有漢，無論魏晉」。

　　那樣一個國度，並非空想，而是存在的。她存在於一九三一年，隸屬台北帝國大學的日本學者小川尚義和村上直次郎在殖民地台灣採集古文書後出版的《新港文書》（*Sinkan Manuscripts*）中。在該書所收錄的一○四件台灣平埔原住民契約文書中，存在著一個住民以拉丁化的字母（或拉丁化的文字）與漢字對照，來「白紙黑字」訂立契約的國度。被殖民者觀點稱為「huan-á-khè 番仔契」的契約文書，最早的立約於一六八三年；最晚的，則在一八一三年。自日治時期以來，學者又再發現超過六十件相同性質的考古資料。

　　「attaing ta soladt davit na vokaligh ti vanikaki...」其中一份契約是這樣開始的；最後，兩造押下日期，以示慎重，

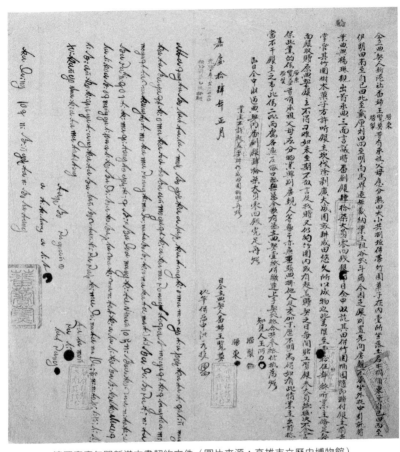

清國嘉慶年間新港文書契約文件（圖片來源：高雄市立歷史博物館）

「Iougsing 9 ni 9 goij shi 6 sit」。

　　如果，那樣一個國度顯得陌生而遙遠，或許是因爲我
們「僅知有漢，繼而魏晉」的時間感。村上直次郎編註的
《新港文書》所收錄，時間軸上最後一份立於一八一三

年的契約文件，距離該書出版的一九三一年，經過了一百一十七年。一百一十七年，比日本殖民台灣的時間長六十七年，比中國國民黨政府在一九四五年武裝接管台灣至今長三十九年。

時間軸上，還有另一段數線。從第一份一六八三年的文件到最後一份一八一三年的文件，中間經過了一百三十年。這也就意味著，在我們如今只能想像的那個國度，至少有超過一百三十年的時間，福爾摩沙人在定約、結社，屬於公共領域的正式文書中，會使用以拉丁化字母作為基礎的文字。一百三十年。實際上，我們稍後將要在「新港文書」的由來及歷史中看到，那一段福爾摩沙人使用拉丁化的文字商務、公務往來的時間，遠比一百三十年還要長。

在我們根據文獻嘗試去想像的國度中，福爾摩沙人使用拉丁化的文字作為語言記號的時間，兩倍於我們這幾代福爾摩沙人學習以ㄅ、ㄆ、ㄇ、ㄈ作為語言記號的時間。而對於那一段比「我們」還要悠長的歷史，我們的時間感「乃不知有……」

你看，是不是？你甚至說不出她的名字。

「新港文書」中的拉丁化文字，絕大部分屬於當時聚居於現今台南新市地區的台灣平埔族「西拉雅族」的族語。事實上，在一九三〇年代的小川尚義和村上直次郎以前，拉丁化的西拉雅文字就已經「被發現」了一次。

一八八六年，奉派在台灣宣教的蘇格蘭長老教會牧師甘為霖（Rev. William Campbell）返回歐洲述職，在荷蘭萊頓大學（Leiden Universiteit）圖書館中發現拉丁化的西拉雅文以及荷蘭文對照的《馬太福音書》。甘為霖牧師所發現，原書名為《聖馬太與約翰福音書，翻譯成福爾摩沙語，給位於蕭壠、麻豆、新港、目加溜灣、大目降及大武壠的居民》（*Het HEYLIGE EUANGELIUM MATTHEI en JOHANNIS ofte HAGNAU KA D'LLIG MATIKTIK ka na sasoulat ti MATTEUS ti JOHANNES appa. Overgeset inde Formosasche tale, voor de Inwoonders van Soulang, Mattau, Sinckan, Bacloan, Tavokan, en Tevorang*）的部分《聖經》西拉雅語譯本，出版於一六六一年。一六六一年，也是鄭成功率軍攻打台灣、奪取普羅民遮城（Fort Provintia，今赤崁樓）的一年。鄭成功部隊繼而包圍熱蘭遮城（Fort Zeelandia，今安平古堡）。一六六二年，荷蘭東印度公司（Vereenigde Oostindische Compagnie，VOC）失去在台灣的最後一個要塞，退出台灣，結束自一六二四年開始的殖民統治。

　　從葡萄牙人、荷蘭人開始，直到日本人、中國人，歷來台灣的殖民者莫不在台灣留下程度不一的現代化足跡。台灣平埔族西拉雅語的拉丁化，就是荷蘭東印度公司殖民台灣的遺緒。一六二七年，宣教士干治士（George Candidius）應荷蘭東印度公司台灣地區行政長官要求，奉

Het H. Euangelium

na [de beſchrijvinge]

MATTHEI.

Het eerſte Capittel.

1 ET Boeck des Geſlachtes JE-SU CHRISTI, des ſoons Davids / des ſoons Abrahams.

2 Abraham gewan Iſaac. ende Iſaac gewan Jacob. ende Jacob ghewan Judam / ende ſijne broeders.

3 Ende Judas ghewan Phares ende Zara by Thamar. ende Phares ghewan Eſrom. ende Eſrom gewan Aram.

4 Ende Aram gewan Aminadab. ende Aminadab gewan Naaſſon. ende Naaſſon gewan Salmon.

5 Ende Salmon ghewan Booz by Rachab. ende Booz gewan Obed by Ruth. ende Obed ghewan Jeſſe.

6 Ende Jeſſe ghewan David den Koningh. ende David de Koningh gewan Salomon by de ghene die Urias

Hagnau ka D'lligh

Matiktik ka na ſaſoulat ti

MATTHEUS.

Naunamou ki lbægh ki ſoulat.

1 Oulat ki kavouytan ti JEZUS CHRISTUS, ka na alak ti David, ka na alak ti Abraham.

2 Ti Abraham ta ni-pou-alak ti Iſaac-an. ti Iſaac ta ni-pou-alak ti Jakob-an. ti Jacob ta ni-pou-alak ti Juda-an, ki tæ'i-a-papar'appa tyn-da.

3 Ti Judas ta ni-pou-alak na Fares-an na Zara-an-appa p'ouh-koua ti Thamar-an. Ti Fares ta ni-pou-alak ti Eſrom-an. Ti Eſrom ta ni-pou-alak ti Aram-an.

4 Ti Aram ta ni-pou-alak ti Aminadab-an. Ti Aminadab ta ni-pou-alak ti Naaſſon-an. Ti Naaſſon ta ni-pou-alak ti Salmon-an.

5 Ti Salmon ta ni-pou-alak na Boös-an p'ouh-koua ti Rachab-an. Ti Boös ta ni-pou-alak na O-bed-an p'ouh-koua ti Ruth-an. Ti Obed ta ni-pou-alak ti Jeſſe-an.

6 Ti Jeſſe ta ni-pou-alak ti David-an ka na Mei-ſaſou ka Si bavau. Ti David ka na Mei-ſaſou ta ni-pou-alak ti Salomon-an p'ouh-

A   koua

CHAP. I. (1) THE book of the generation of Jesus Christ, the son of David, the son of Abraham. (2) Abraham begat Isaac ; and Isaac begat Jacob ; and Jacob begat Judas and his brethren ; (3) and Judas begat Phares and Zara of Thamar ; ar ᵗ Phares begat Esrom ; and Esrom begat Aram ; (4) and Aram begat Aminadab ; and Aᵣᵣᵢnadab begat Naasson ; and Naasson begat Salmon ; (5) and Salmon begat Booz of Rachab ; and Booz begat Obed of Ruth ; and Obed begat Jesse ; (6) and Jesse begat David the king ; and David the king begat

A

西拉雅語《馬太福音》譯本內頁（圖片來源：「信望愛」網站，黃錫木〈中華聖經譯本（1661-1960）數位化工程〉）

派抵達台灣。自一六三〇年代起，台灣的西拉雅族開始接受學校教育。根據宣教士尤羅伯（Robertus Junius）在一六四〇年代的教育報告記載，已經有嫻熟於書寫拉丁化西拉雅文字的西拉雅人。

雖然西拉雅語的《馬太福音》在一六六二年的潰敗倉促中，湮沒在荷蘭的檔案資料裡超過兩百年，才終於被甘為霖牧師發現。但一如村上直次郎《新港文書》中所顯示，在荷蘭人離開台灣超過一百五十年後，西拉雅人還在使用拉丁化的西拉雅文字。甚至，在一八六五年抵達台灣的馬雅各（Rev. James Laidlaw Maxwell）牧師，在台灣遇見第一批主動悅納基督信仰的平埔族原住民，仍對他自稱為「荷蘭人的後裔」。

荷蘭東印度公司殖民台灣，隨之而來的宣教士干治士等人以拉丁化的文字作為記號，表記台灣住民的族語，並且將它運用作書面語，用來翻譯《聖經》，書寫契約文字……。這樣的事，在荷蘭東印度公司離開台灣兩百年後，蘇格蘭長老教會派遣到台灣的宣教士馬雅各、甘為霖等人，又做了一次。這一次，他們的對象是台語。

他們以拉丁化的記號表記台語的成果，通稱為「白話字」（Pe̍h-ōe-jī，POJ）。一八八五年，台灣第一份以拉丁化的羅馬字寫成的報紙《Tâi-oân-hú-siaⁿ Kàu-hōe-pò》（台灣府城教會報）出版。白話字是當前台語文字標準化工作的基礎。同時，它和「新港文書」還具有一個歷史性的意

義：

福爾摩沙人，台灣人，分別在十七世紀初期以及十九世紀末期，兩次完成了「我手寫我口」。

然而，「白話字」的故事比「新港文書」及西拉雅文的《馬太福音》蒼涼一些。在白話字的書面文獻問世後五十年，日治時期的台灣知識分子爭論「什麼叫做『台灣話文』」的時候，他們之中只有少數知道或提及「白話字」。

還更蒼涼一些的是，在白話字的書面文獻問世後一百四十年的現在，你還能聽到某一種論調說「台語沒有字」。

是在哈囉？ Hello ？

沒有人會告訴你「hello」不是字。論到台語的時候，卻有很多人會告訴你「『Pėh-ōe-jī』不是字」。或者，其實就是在說 「『jī』不是字」。我們換一種記號來寫這段話：

論到台語的時候，卻有很多人會告訴你「『白話字』不是字」。或者，其實就是在說 「『字』不是字」。

字不是字。Hello ？

想像一個國度，叫做福爾摩沙。她的文化，以拉丁文字作為底蘊。她的子民說駁雜的語言，使用駁雜的記號、文字。那樣一個國度，並非空想，而是存在的。那樣一個國度，就是現在的台灣。

拋棄「僅知有漢，繼而魏晉」的時間感，建立一個釘根在台灣的時間軸，我們將要發現，歷史上我們要稱做「福爾摩沙人」或「台灣人」的這一個民族，用拉丁化的文字作為語言的記號書寫的時間，至少從一六三〇年代到現在，將近四百年。數學上，物理上，歷史上，都比這一個民族用漢字作為語言的記號書寫的時間還要長。

　　但說實話，我們才沒有比長短那麼中二。

　　用拉丁化的文字書寫的時間，比用漢字書寫的時間還要長，並不減損漢字作為一種書寫記號的合理性。換句話說，也就是「用拉丁化的文字書寫的時間比用漢字書寫的時間還要長」，不會讓漢字不是字。

　　那麼，我們現在可以想一想，究竟有什麼理由讓「attaing ta soladt davit na vokaligh ti vanikaki」或「Pe̍h-ōe-jī」不是字呢？

　　噢，如果實在想不起什麼理由，但就覺得哪裡怪怪的；有一個微小的聲音像是不斷在哪兒作祟……

　　它就叫做「漢（字）本位主義」喔。

　　名字看上去就不是個好東西。

| 02 |

記號的奇幻漂流・其二：
「黑名單」

　　二○一八年中，我在美國德州大學奧斯汀分校取得博士學位。回台灣以前，我和妻在溫哥華逗留。在一間叫做「藍色天際線」的酒店陽台上，一邊俯瞰溫哥華市中心，一邊遠眺北太平洋的灣岸。我們訝異於高樓櫛比的溫哥華市中心，向外延伸不過兩、三哩，竟然就有森林、岩壁和海洋。泊滿船屋、遊艇的港灣，望向天際線，輕航機起降之間，海面上拖曳出筆直的白色浪花，空中迤邐的圓弧航線，海天相連般分不出彼此。

　　地景彷彿也這麼不著痕跡地變遷著。船塢一旁的單車出租店提供兩小時的行程，我們選了一台協力車，向海岸騎去。起初住宅區公設裡的蜿蜒，豁然拓開成沿海岸曲折的綠帶。再拐個彎，便是針葉巨木參天的密林。繞匝一個大圈，回到船塢，我們竟然有些懵懂，難以想像經歷過的變幻，牽涉其中的機械只是齒輪傳動的單車，而沒有哆啦

A 夢奇想的裝置。

船塢、郵輪、港灣、輕航機的另外一邊，是溫哥華的舊城。信步經過購物中心、連鎖咖啡店，街景開始向時間的深處延伸。陳舊和古樸終於一一出現時，我們看見十字路街角的舊書店，MacLeod's Books 麥克勞書店，據聞是舊溫哥華依然頑固的風景。推開書店門扉，城市的從容雅緻，轉換成書肆的靜寂沉著，以及舊書店獨有的龐雜。並非凌亂，而是各種時空並列、堆疊，密集出來的目不暇給。我們如此被吞沒在其中一、兩個鐘頭。正當我們終於找回來路，離開之前，我經過圍困在群書中看不見的店主桌旁，清一色大部頭精裝的書廚。電光石火間，赫然有漢字：

《英語閩南語字典》。

在加拿大溫哥華的舊書店中，竟然有一本台語字典！翻開書頁，內裡的印刷文字像是打字機手稿翻印。字典設定的目標使用者是英語母語者，從英語查台語。詞條以字首 A、B、C、D、E……進行編目，英文字後有台語解釋，包括台語漢字和羅馬字。在興奮中瀏覽到了書頁最末尾，標籤上說「加幣一百五十元」。

我沒有換算。從舊書堆裡喊來了幾乎被掩埋的店主，結帳。走向新穎溫哥華那一端的加拿大郵政，空運寄出。流落在加拿大溫哥華的《英語閩南語字典》比我更需要回台灣。這是我取得博士學位後負笈回台灣旅程的終章。一

個出國研讀文學與文化理論，企圖用於台語研究的人，在歸途中，帶回了一本漂流在海外的台語字典，像是某種朕召或呼喚。然而，在二〇一〇年代的末期，一本《英語閩南語字典》，無論在加拿大，還是在台灣，都難免寂寞。

身在加拿大的《英語閩南語字典》無用武之地。詞條裡的英文部分，加拿大人不假外求；台語漢字和羅馬字，他們則無從理解。回到台灣的《英語閩南語字典》也不風光。它令人費解的程度，和身在加拿大一樣。多數台灣人具備適應 A、B、C、D、E……的編目系統查字典的能力。然而，哪怕準確定位找著了英文字，詞條解說部分的台語漢字和羅馬字，他們則無從理解。在《英語閩南語字典》羅列出來的世界中，台灣人和加拿大人不分彼此；在什麼人使用什麼字典的自然律中，台灣人並不判然有別於加拿大人。難道，台灣人不是他自己？

我在溫哥華購得的《英語閩南語字典》，是由天主教瑪利諾（Maryknoll）會於一九七九年出版。它所使用的文字，有一個身世；它實體的書本本身，另有一個身世。

十九世紀後半葉，加拿大、蘇格蘭長老教會的宣教士陸續抵達台灣宣教。宣教士前來的路線，多半先停留中國廈門，學習語言，然後前往台灣。當時的台灣仍在清國治下，通行的語言與中國泉州、漳州相近。長老教會的宣教士如甘為霖（William Campbell）、巴克禮（Thomas Barclay）等人，開始運用羅馬字表記台語。尤其是巴克禮，

Speak - : lūn-kàu...; koan-hē...
- eighty: poeh-chạp chó-iū
- New Year there are two traditions.
Koan-hē kòe-nî ū nn̄g khóan thôan-
soat.
- one month: chîa* kó'-gẹh/kó'-gȯeh
- the same: chha-put-to kāng-khóan
It is - five thirty.
Teh beh gō'-tíam pòa*.
To ask - : thàm-thia*
To wander - : sì-kòe kîa*

ABOVE í-siōng 以上 téng-bīn 上面
téng 上；頂
- all: iû-kî-sī; siōng tiōng-iàu
- and below: téng-ē
- measure: hui-siông
- price: (priceless) bû-kè chi pó
- the rest: tȧk-piȧt
- what we can think: chhiau-kè lán
só' sĩu* ē kàu ê; lâng sĩu* bē kàu
She is - forty. I sì-chạp gōa hòe/hè.
760 meters - sea level:
tī hái-pòat 760 kong-chhioh

ABRACADABRA lîam hû-á 符籙

ABRAHAM A-pa-lông 亞巴郎

ABRASION lù-siong; lù-tiȯh 擦傷
lù phòa-phôe 擦破皮

ABRIDGE siok-toán 縮短 pak-toȧt 剝奪
pak-siap 剝削
To - one of his rights: pak-toȧt lâng
ê kôan

ABROAD gōa-iû* 海外 tī gōa-kok 在外國
The news quickly spread - .
Siau-sit chin kín thôan chhut-khì.
To go - : chhut-kok
To study - : lîu-hȧk

ABROGATE hòe-tî 廢除 hòe-chí 廢止
chhú-siau 取消
To - a law: hòe-tî hoat-lut

ABRUPT chhóng-pōng 鹵莽；匆忙
(steep) kîa-kîa 陡峭的
hut-jiân 忽然
He is too - . I chin chhóng-pōng.

ABSCESS chhng 瘡
tiu*-lâng; puh-lâng 膿腫
Tooth - : khí-pau
To have an - : sí* chhng

ABSCOND thau-cháu 偷跑；潛逃

ABSENCE bô tī lē 不在 khoat-sėk 缺席
khoat-hoȧt 缺乏
- from class: khoat-khò ; khòng-khò
- from function: khoat-sėk
- of evidence: khoat-hoȧt chèng-kì;
chèng-kì put-chiok
To ask for - : chhéng-ká

ABSENT bô tī lē 不在 khoat-sėk 缺席
- from school: khoat-khò ; khòng-khò
- minded: bô sim-sîn; hòng-hut
To - oneself from the meeting:
khui-hōe bô chhut-sėk; khui-hōe
khoat-sėk

ABSENT-MINDED sĩu* kah gōng khì 心不
在焉 sim-sîn put-tīa*
心神不定 hòng-hut 恍惚

ABSOLUTE choat-tùi 絕對 oân-chôan
完全 sûn (ê) 純的
choan-chè (ê) 專制的
- monarchy: choan-chè ông-kok

ABSOLUTELY oân-chôan 完全
choat-tùi 絕對

ABSOLUTION bián-chōe 免罪 sìa-bián 赦免

A

天主教瑪利諾會《英語閩南語字典》內頁

不但引進台灣第一部印刷機，更在一八八一年由台灣返抵英國，親自學習印刷術。一八八五年，巴克禮創辦主編的《Tâi-oân-hú-siân Kàu-hōe-pò》（台灣府城教會報）在台南發行。

《Tâi-oân-hú-siân Kàu-hōe-pò》羅馬字化的台語文體，既不同於當時被俗稱為「孔子字」（Khóng-tsú-jī）[1]的古典漢文，亦有別於中國官話口語的「唐人字」，稱為「Pe̍h-ōe-jī」（POJ，白話字）。白話字進而在台灣成為一種書寫文化。在白話字翻譯的台語《聖經》之後，傳教士甘為霖在一九一三年出版《廈門音新字典》，俗稱「甘字典」。「甘字典」的英文原書名，恐怕更能體現該書的用意；*A Dictionary of Amoy Vernacular spoken throughout the prefectures of Chin-chiu, Chiang-chiu and Formosa*，「通行於泉州、漳州及台灣的廈門話字典」。

其實不好再說「通行」，因為台灣已於一八九五年成為日本殖民地。但白話字的文化仍在繼續。一九一七年，英國籍醫師戴仁壽（G. Gushue-Taylor）以白話字出版醫學書籍《Lāi Gōa Kho Khàn-hō-ha̍k》（內外科看護學）。一九二五年，文化人蔡培火以白話字出版文化評論集《Cha̍p-hāng Koán-kiàn》（十項管見）。一九二六年，鄭溪泮牧師以白話字出版小說《Chhut Sí-sòan》（出死線）。

1　這是當時對漢字的一種稱呼。

ㄩˋ	汩	It, Oat	ㄇㄧˋ	泌	Pi	ㄕㄨˋ	沭	Sút
ㄩㄢˊ	沅	Goân, Goân	ㄆㄥˊ	泙	Pêng, Phêng, phông	ㄊㄨㄛˊ	涂	Tô
ㄒㄧˋ	汐	Tek	ㄅㄛ	波	Pho	一ㄢˊ	沿	Iân
ㄓㄢ 5	沾	Tiam, Tiap, Thiam	ㄅㄛˊ	泊	Pók	ㄓㄡ 6	洲	Chʻu
ㄓˋ	治	Î, Tî, Tī, Thai	ㄑㄧㄡˊ	泅	Siû	ㄓㄨ	洙	Sû, Tsu
ㄓㄠˊ	沼	Chiáu	ㄙㄨˋ	泝	Sòˈ	ㄔㄨㄥˊ	流	Chhiong
ㄓㄨˋ	注	Tsù, tù, tū, tsu	ㄙˋ	泗	Sù	ㄑㄧㄚ	洽	Hiáp
ㄈㄚˇ	法	Hoat	ㄊㄞˋ	泰	Thài, thòa	ㄏㄨㄥˊ	洪	Hông, âng
ㄈㄢˋ	泛	Hoàn, hòaⁿ	ㄔˊ	泜	Ti	ㄏㄨㄛˊ	活	Hoát, Koat, oáh
ㄈㄟˋ	沸	Hùi, Hut, Pùi, puh	ㄉㄧˋ	沴	Chín	ㄏㄨㄟˋ	洄	Hôe
ㄈㄨˊ	洲	Hu	ㄊㄨㄛˊ	沱	Tô	一	洢	I
ㄏㄜˊ	河	Hô, lô	ㄊㄨㄛˋ	沰	Thok	ㄖㄨˋ	洳	Jū
ㄒㄩㄝˋ	沈	Hiat, Hiát	ㄐㄩ	沮	Chian, Tsóˈ, Tsu	ㄐㄧˋ	洎	Kì
ㄒㄩㄢˊ	泫	Hiân	ㄑㄩㄢˊ	泉	Tsoân, tsôaⁿ	ㄒㄩㄥ	洶	Hiong
ㄏㄨㄥˊ	泓	Hông	ㄐㄧˋ	沴	Ché	ㄐㄧㄤˋ	洚	Hông, Kàng
ㄎㄨㄤˋ	況	Hóng, Hòng	ㄘˇ	泚	Chhé, Chhú	ㄑㄧㄢ	汧	Khian
一ˊ	沶	Sî, Tî	一ㄢˊ	沿	Iân	ㄍㄨㄤ	洸	Kong
ㄒㄧㄝˋ	泄	È, Siat	一ㄤ	決	Iong, Iòng	ㄌㄧㄝˋ	洌	Lē, Liát
ㄍㄢˋ	泔	Hám, Kam, ám	一ˋ	泆	Ék, Tiát	ㄌㄨㄛˋ	洛	Lók
ㄑㄧˋ	泣	Khip	一ㄡˊ	油	Iû	ㄇㄧˇ	洣	Bí
ㄍㄨ	沽	Koˈ, Kóˈ	ㄩㄥˇ	泳	Eng, ēng	ㄇㄧㄥˊ	洺	Bêng
ㄐㄩㄥˇ	泂	Kéng	ㄕㄥ	泩	Seng	ㄆㄞˋ	派	Phài
ㄌㄟˋ	泪	Lē, Lūi	ㄅㄣ	泍	Pún, Phun	ㄦˊ	洏	Jî
ㄌㄧㄥˊ	泠	Lêng	ㄔˋ	泏	Khut, Tùt, Thut, tsoah	ㄦˇ	洱	Jíⁿ, Jī
ㄇㄛˋ	沬	Muī, Hòe	ㄓˇ	泞	Thú	ㄙㄚ	洒	Sá, Sé
ㄇㄟˋ	沫	Boát, phéh	ㄅㄚˊ	波	Hoat	ㄒㄧˇ	洗	Sé, Siún, sóe
ㄇㄧㄣˊ	泯	Bín	ㄐㄩˋ	泃	Koˈ, Kù	ㄒㄧㄝˋ	洩	È, Siat
ㄋㄧˊ	泥	Lê, Nî, bê, thô	ㄐㄩˊ	泦	Kiok	ㄒㄩㄣˊ	洵	Sûn
ㄆㄢˋ	泮	Phoàn	ㄌㄟˋ	泐	Lek	ㄒㄩˋ	洫	Hek, Hok
ㄆㄠˋ	泡	Pau, Pâu, Phau, Phàu	ㄇㄠˊ	泖	Báu	ㄊㄠˊ	洮	Iâu, Tô, Thô

氵
85

《廈門音新字典》內頁

日治結束後，台語和「廈門話」在語言、語音、語用的分歧，終於使既有的台語《聖經》不敷使用。一九六〇年代開始，台灣以長老教會爲主的基督新教，開始與天主教瑪利諾會合作，重新翻譯符合台灣人語感及語用的台語《聖經》。一九七〇年代前半葉，新譯台語《新約聖經》成書出版，俗稱「紅皮聖經」。

　　我所購得由瑪利諾會出版的《英語閩南語字典》，實際上正是翻譯《聖經》前置準備工作的成果。然而，文字的身世到此。書本本身的另一個身世，淒迷漂流的身世，才要開始。

　　早在一九六九年，中國國民黨政府已經禁止長老教會使用白話字。前身爲《Tâi-oân-hú-siâⁿ Kàu-hōe-pò》的《台灣教會公報》遭到查禁，被迫改用中文發刊。一九七五年起，中國國民黨全面查禁包括客語、原住民族語羅馬字在內的白話字刊物、圖書，甫出版的「紅皮聖經」也隨即被沒入。長老教會、天主教瑪利諾會的人士，星夜將既已印刷出版但宛如「黑名單」的書刊送往海外。

　　其中一本《英語閩南語字典》，經過放逐、流亡，在我留學旅程的最終章等待著……。

　　台語文的書寫文化，並不是國民小學「鄉土語言教育」的新名目。它實際上從十九世紀末期開始，即已存在於台灣文化之中。至今將近一百五十年的時間中，不只中國國民黨查禁它。同樣身爲殖民者的日本帝國，也曾在

一九三〇年代推行「國語（日語）政策」而使《台灣教會公報》被迫暫時停刊。台灣語言環境的自然發展，不斷受到殖民者的干擾。因為他們都是殖民者，所以他們都做同一件事情：

剝奪台灣人的語言，剝奪台灣人自身有別於⋯⋯，例如加拿大人，的特殊性。而它的結果是什麼呢？

一個加拿大孩子，學齡前在家裡本來就會的語言是英語；到了學校，繼續學的語言也是本來就會的英語。若是在法語區，則把前一句話裡的「英語」換成「法語」即可。本來就會的語言和學校要教的語言，是同一種語言。

一個台灣孩子呢？被預期「本來就會」的語言和「學校要教」的語言，竟然不一樣！

有。人。在。玩。弄。我。們。

| 03 |
一場沒有開始的論戰和
一場沒有結果的論戰

　　二〇二〇年三月的台灣，境外移入病例開始激增，確診人數倏忽進入三位數，疫情肆虐看似沒有盡頭。人心浮動、時局緊繃的焦點之外，發生了幾件台語的事。

　　時任基進黨籍國會議員陳柏惟在國會以全台語質詢。作為一個才在二〇一九年一月公布實施《國家語言發展法》，其中第四條明訂「國家語言[1]一律平等，國民使用國家語言應不受歧視或限制」的國家，國會議員用全華語質詢從來不成問題，用全台語質詢竟然掀起了一些波瀾。

　　旅美台灣人教授翁達瑞在具有公共性的社交平台上商榷全台語質詢說：「建議陳柏惟，質詢時的語言選擇，應以『溝通效果』為首要考量，沒必要堅持全程台語。畢竟

1　依據《國家語言發展法》第三條：「本法所稱國家語言，指臺灣各固有族群使用之自然語言及臺灣手語。」

許多專業名詞在台語並不存在，而陳柏惟的隨口翻譯，在我們這種一輩子用台語的人看來，反而傷害了台語的優美。」翁教授的言論，演變成他和讀者間的針鋒相對。意氣及謾罵之後，翁達瑞在電子媒體投書〈台語文的推廣困境〉。

然後呢？然後沒有了。「台語文的推廣困境」這樣一個標題，理應是一場論戰的開端。既然沒有後續的論辯，那麼或許就是並沒有「困境」吧。

「你說沒有困境就沒有困境？」別急。前頭是不是說「發生了『幾件』台語的事」？就在翁達瑞呾言「台語文的推廣困境」之二○二○年三月的台灣，出版了《小王子 Sió Ông-tsú》台語版和《台灣動物來唱歌 Tâi-oân Tōng-bu̍t Lâi Chhiò-koa》兩本台語文童書。這兩本台語文出版品，《台灣動物來唱歌》在兩個月內進入二刷，《小王子》台語版累積至今已經八刷近萬本。這真是個在翁達瑞教授的認知域外，供不應求的「困境」啊！

翁文對於台語、台語文的見識，從〈台語文的推廣困境〉的引文中，可見一斑。「台語沒有『通用』的書寫方法，可被用來彰顯或保存這個語言的優美。有心在公領域提倡台語的人，只能『中文為稿』，搭配『隨口翻譯』的台語發音。」就兩個句點，完全暴露翁文對於台語文運動乃至台語文書寫將近一百五十年的歷史一無所知。事實上，翁文對於語言及表記語言之符號的認識，恐怕比正在

《小王子 Sió Ông-tsú》台語版、《台灣動物來唱歌 Tâi-oân Tōng-bút Lâi Chhiò-koa》

閱讀本書、已經吸收部分概念的讀者還要淺薄。〈台語文的推廣困境〉一文並沒有引發論戰,甚至沒有識者搭理,究其原因,除了它所謂的「困境」並不存在,恐怕也由於翁文對於台語及台語文掌故、知識的掌握,根本沒有達到參賽資格。

　　而它的「資格不符」,還有更深刻的歷史及文化底蘊。

　　一九三〇年八月,《伍人報》刊登了黃石輝的〈怎樣不提倡鄉土文學〉。開篇所說「你是台灣人,你頭戴台灣天,腳踏台灣地,眼睛所看見的是台灣的狀況,耳孔所聽見的是台灣的消息,時間所經歷的亦是台灣的經驗,嘴裡所說的亦是台灣的語言,所以你的那枝如椽的健筆,生花

的彩筆，亦應該去寫台灣的文學了」，掀起了一系列報章上的論爭。參與論戰者都是一時俊彥，包括了日後我們稱作「台灣新文學之父」的賴和，也有不出數年即將聲名鵲起，有「台灣創作界的麒麟兒」之名的朱點人。賴和等人贊同黃石輝的倡議，認為應當以台語作為載體，創作屬於台灣的文學。而與之相應，也就需要發展表記台語的文字系統。站在對立面的朱點人等人，則憂心台語俚俗龐雜、架接不易，不如直接以華文漢字創作文學。

那一場論爭，並沒有明確的結論。一九三〇年代後半，殖民台灣的日本政府因應即將爆發的戰爭，加強對殖民地的言論控制及同化，進而開始了日語本位的語言政策，打壓、查禁華文（漢文）創作。連筆耕的園地都被禁絕，也就同時失去了爭論使用何種工具（語言、文字）的餘地。

另一方面，當時論戰中的文化人及知識分子，雖然計較的焦點包括了「台語的書寫工具及文字系統」，但對當時既已存在幾乎半個世紀之久的教會羅馬字（POJ）甚少著墨。而當年的論戰史料，也少見論者指出一旦用台語的呼音去讀漢字，就是「準」台語文；就好像「你是台灣人，你頭戴台灣天，腳踏台灣地」大可以讀作「lí sī Tâi-uân-lâng, lí thâu tì Tâi-uân-thinn, kha tảh Tâi-uân-tē」，那麼，這些文字其實也就是「台語文」，幾乎已經一舉解決台語文字系統的問題。但他們受限於時空，還沒有我們今天的

見識。當時知識分子對語言的認識和想像，並不比當今的翁達瑞高明。

又或者反過來說，翁文所展現，對於台語（文）的認知，是九十年前的水準。也難怪沒有什麼人願意再對翁達瑞多費唇舌。於是翁文就那樣地虛懸了一場沒有開始的論戰。

但九十年前的那一場論戰，的確發生了。參戰的文化人一時俊彥，不會不知道同一個時空中，有一位名叫蔡培火的文化人，手上有一套可以用來書寫台語的符號系統，也就是教會羅馬字。它唯有一個缺點：對於當時飽讀詩書、使用「孔子字」的諸君而言，它太陌生了。同時，這些使用孔子字的一時俊彥，看到「你是台灣人，你頭戴台灣天，腳踏台灣地」，本來就不讀「ㄋㄧˇ ㄕˋ ㄊㄞˊ ㄨㄢ ㄖㄣˊ」，他們甚至不會像今天的我們一樣，陷在幾十年的「國語教育」裡抽不了身，以為漢字只有一種讀音。

你恐怕要問：那還吵什麼呢？

一九三〇年代的「台灣話文論戰」，或「鄉土文學論戰」，真正的爭論焦點是「文學語言」。換句話說，黃石輝、賴和、朱點人等人的吵架，如果要給一個標題，其實絕不只是「怎麼寫出台語」，而是「什麼叫做文學」。而「什麼叫做文學」這種問題的討論，會受到爭論者思想的左傾、右傾，爭論者的族群、階級立場等因素的影響。它延伸放射出去的結果，往往足以像一九一〇年代中國的五四運動一樣，長遠地引起一場革命，引起一場內戰，引

起好幾個世代大規模的流亡⋯⋯

　　一九三〇年代台灣的那一場論戰，沒有造成上述結果。因為台灣的命運更加慘酷。論戰還理不出頭緒，就被殖民者日本人剝奪了語言，剝奪了討論的空間。萬萬沒有想到，日本人以後來到台灣的中國人，仍然是殖民者。這一次，他們不滿足於剝奪語言了。參與一九三〇年代論戰的麒麟兒朱點人，以及他許多的文友，在二二八事件及白色恐怖中被中國國民黨一一殺害。殺得倖存的人肝膽俱裂以後，他們要你「說國語」。一再的剝奪，一再的殺害，一再的斷裂，終於產生了對於語言的想像與見識停頓在九十年前的翁達瑞。

　　這是一個悲劇。但這不是台語文推廣的「困境」。

　　「台語文」從來不是天書。「你是台灣人，你頭戴台灣天，腳踏台灣地」幾乎就是台語文，只要你別把漢字都當成只能有一種讀音。

　　我前頭說到《小王子》台語版，是不是？它是這樣開始的：

　　「我六歲的時陣，有一擺佇咧一本講原始森林，號做《真實故事》的冊內面，看著一張足驚人的圖⋯⋯」

　　我知道你讀得懂。你甚至唸誦得出來。它根本不難，不是嗎？

| 04 |
童年台語國

「那時，世界尚且年輕，很多東西沒有名字，得用手指去指。」

—— 馬奎斯（Gabriel García Márquez），《百年孤寂》

一九三六年，台灣民俗學者李獻璋所輯錄的《臺灣民間文學集》問世。《臺灣民間文學集》是典型「現代化」的產物。其採集、編輯者在日本早稻田大學文學部取得學位，進而以分類化、目錄化的觀點，在台灣文學、文化既有的成果中，離析出一個「民間文學」（俗文學、口傳文學）的範疇，並且完成了台灣文學史上第一部由台灣人調查、蒐集，整理自身台灣文化的民間文學選集。

這部《臺灣民間文學集》的出版，定義了一個文類，確立了一個學科。有「台灣新文學之父」稱號的賴和醫師，在他爲李獻璋主編的《臺灣民間文學集》所作序言中，盛

讚該書「不能不說是極盡台灣民間文學之偉觀」。

完成了宏偉企圖的李獻璋，時年二十二歲，何其年輕。和台灣的「現代化」一樣年輕，甚且更年輕。他是比台灣新文學之父年輕一個世代的後進和新秀。

《臺灣民間文學集》收錄一百四十二首「tông-iâu 童謠」；或者，也就是所謂「gín-á-kua 囡仔歌」。翻開《臺灣民間文學集》的童謠部分，開篇是這樣的兒歌：

嬰仔搖！

搖居三板橋；紅龜軟燒々，

豬腳双旁劃……

Inn--á iô!

Iô kah Sann-pang-kiô; âng-ku nńg-siô-siô,

ti-kha siang-pîng liô...

接著往下讀，還能看見各式各樣的事物入歌。甚至，在採集自艋舺的一首兒歌中，出現了「自動車，jidosha，火車鈎甘蔗」。在原書中，jidosha 旁邊加註了日文片假名的呼音「ジドウシャ」。很顯然，這首兒歌在唸唱時，是先以台語呼漢字「自動車」，再以日語呼漢字「自動車」：

Tsū-tōng-tshia，ジドウシャ，hué-tshia kau kam-tsià...

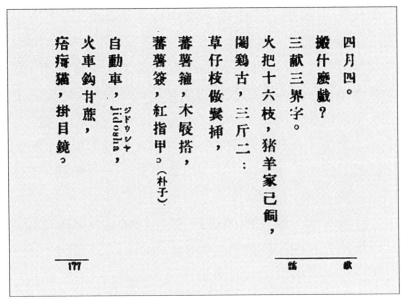

《臺灣民間文學集》童謠中的「自動車」

　　李獻璋《臺灣民間文學集》裡，出現「紅龜（粿）」，出現「豬腳」，甚至出現了「自動車」，而且是明確「現代化」的產物：「從日本來的」那種叫做「自動車」的東西。這些童謠，現在初爲人母、人父的世代恐怕已經沒有印象。但我們不難猜想，現在做人阿媽、阿公的世代，戰後嬰兒潮的世代，還若即若離地夠到日治時期尾聲的世代，他們的童年，約莫仍然哼唱著這些童謠。

　　唱著兒歌蹦跳打轉的歲月，是一個什麼樣的年歲呢？在我自己的童年，街上穿梭呼嘯的那東西，固然已經不叫做「自動車」，但我喜歡坐在家門口、馬路邊，看著車水

馬龍，用手去指。「裕隆。福特。喜美。雷諾。……賓士！」沒有曲調，但有著一九八〇年代初期台灣街道的節奏與韻律，一種即將在低廉的人力與代工中富庶起來的節奏與韻律。對童年的我而言尚且年輕的世界裡，用手指去，是漸漸多起來的，滿街的汽車。於是，我們不難去替換，去推想，在日治時期的兒童周遭，對他們而言也尚且年輕的世界中，用手指去，是紅龜（粿），是豬腳，是少見因而稀奇的「自動車」。

童謠、囡仔歌、gín-á-kua，是在對兒童而言新奇而尚且年輕的世界中，為他們「用手去指」新奇的事物，或者將要一再出現的日常。而那也就是馬奎斯在《百年孤寂》中詩意地描寫出來的，「用手去指」即是命名。

但《臺灣民間文學集》裡的童謠並不只是一個粉紅色無憂可愛的世界。童謠篇開篇之後不過五頁，就出現了這樣一首兒歌：

第一國公	Tē-it kok-kong
第二元皇	Tē-jī guân-hông
第三三總馬	Tē-sann sann-tsóng-bé
第四死娘奶	Tē-sì sí niû-lé
……	
第八給狗姦	Tē-peh hōo káu kàn

第六押去刮，
第七七羅漢，
第八給狗姦，
第九李老爹，
第十做王爺。（鳳山）
× × ×
第一土公，
第二文王，
第三騎紙馬，
第四死娘奶，
第五枝牌，
第六押去刮，

第七走去報，
第八萬刀剁，
第九烏鬼，
第十大屄婆。（彰化）
× × ×
第一舉金槌，
第二閻羅王，
第三騎白馬，
第四死娘奶，
第五金牌，
第六生番刮，
第七走去報，

《臺灣民間文學集》童謠中的「給狗姦」

　　童謠中，出現了詛咒人失去母親的詞語。最後，甚至出現就算「換句話說」都難以軟化語調，簡直不堪入耳的粗話了。怵目驚心？自是不在話下。但其實不難理解。如果我的「裕隆。福特。喜美。雷諾。⋯⋯賓士！」是一個兒童心中「汽車」這種東西的光譜，那麼，為兒童「用手去指」這個世界的兒歌裡，勢必會有一個兒童世界中殘酷、恐怖、值得害怕之經驗的光譜。就在《臺灣民間文學集》和上述童謠句式相同的兒歌中，我們另外看見了

「Tē-peh hōo tshenn-huan bān-to-tshò. 第八給生番萬刀刣」
這樣的詞句，生動地展現了台灣這個移民社會初期移居者
和原住民之間的族群衝突，在文化記憶中的殘留。

紅龜（粿）、豬腳等物事，在日治時期的童謠中形成
吃食的光譜；自動車、火車等物事，形成「現代化」的光
譜；「死娘奶」、「給狗姦」、「給生番萬刀刣」形成殘
酷、恐懼的光譜。而上述種種光譜的集合，則是另一個更
加細緻完整的光譜：

日治時期兒童生活經驗全覽圖。

日治時期採集的童謠，就是當時兒童面臨世界時，
一一的「用手去指」，而用手去指就是命名。命名之後，
收納進兒童生活經驗的資料庫中。當現今為人母、為人父
的世代不再熟悉「嬰仔搖！搖屆三板橋；紅龜軟燒燒，豬
腳双旁劃」這樣的兒歌，一方面固然因為台語這個文化資
源在台灣的語言環境和日常當中散佚、流失；另一方面，
延續著本文的脈絡，是因為唱著那些兒歌的兒童，如今為
人阿媽，為人阿公。那個當年和他們一樣，尚且年輕的世
界，如今不再年輕。

至此，我們需要一個「跳躍」。不再年輕，並不僅僅
因為年代久遠，像日治時期那樣久遠；不再年輕，是因為
失去了活力。台語在日治時期以致戰後中國國民黨殖民體
制的語言政策下，失去了活力。

年代久遠，其實不該是問題，也並不見得會形成問

題。我們有一個現成的實例：一九五二年，約略是出生於台灣日治末期的兒童逐漸學習使用華語的時期，兒童繪本作家露絲・克勞絲（Ruth Krauss）及插畫家桑達克（Maurice Sendak）合作出版了《洞是用來挖的》（*A Hole Is To Dig*）。該書的開篇，是這樣說的：

「薯泥是用來讓大家吃飽。臉是用來做鬼臉。臉是用來長在頭的前面。狗是用來親人的。手是用來牽。當你希望輪到你，手是用來舉高的。洞是用來挖的。」

《洞是用來挖的》活脫脫是一本不只為兒童「用手去指」來命名，更給予定義的書，或兒歌。而它所給予的「定義」，有時候很 khiang，有時候很淘氣，有時候很溫暖。惟其如此，它至今仍是給予兒童重要的定義書，絲毫不受年代久遠的影響。書中桑達克筆下的兒童，還在擁抱、蹦跳、擠眉弄眼。

我們做得到嗎？或者，我們還來得及嗎？

我走在路上，往往看見媽媽用手去指，蝴蝶，「那是什麼？」孩子就大聲說：「Butterfly!」用手去指，彩虹，「那是什麼？」「Rainbow!」

帶著孩子，用手去指，而答案是「Bué-iáh! Iáh-á!（蝴蝶）」、「Khīng!（彩虹）」，那就是開始，那就來得及。已經有媽媽、爸爸在這麼做了。

什麼，你也不知道答案？那有什麼關係，一起去找。這時，我們的世界尚且年輕。

| 05 |
台語、華語攏會通

　　筆者任教的大學課堂上，一位中國文學系的學生舉一反三地問到：「有中文寫成的文學，那一定也有台語的文學吧？」當然有。但我們無法輕易地舉出一、兩位台語文學的作家，或一、兩部台語文學的作品。台語文學不在我們的知識系統當中。

　　當前義務教育中的台語教材，囿於教學時間，內容多半介紹、識讀各種單詞，例如身體部位、鳥獸、物品等等「的台語怎麼講」。但真正的語文教育所需要的強度和涵蓋面，絕不只如此。對比華語教育，便能看出其間巨大的差異。中文、華語的文學，在我們的知識系統當中相當醒目。這個現實，也觸發了那位思想敏捷的中國文學系學生的問題。

　　我們的孩子，在六歲進入小學之前，絕大部分已經會說華語，但仍然需要接受華語的語文教育。進入小學之

後，首先學習標記語音，也就是ㄅ、ㄆ、ㄇ、ㄈ。然後，學習字形（寫字）、字義。此後經過九年一貫、高中的義務教育，直到進入大學（大一國文），我們的孩子花費至少十三年的時間學習華語（中文）這個他們本來就會講的語言。在這個長達十三年的學習過程中，絕大部分的教材是廣義的文學作品：朱自清的〈背影〉、吳晟的〈甜蜜的負荷〉、鄭愁予的〈錯誤〉……。這個絕大部分教材是華文文學作品的課程設計，實際上形成我們對於華文文學的認識。義務教育在我們的腦海中放進了華文文學的作者、作品，我們從中歸納出華文文學的經典，形成對華文文學的品味。我們的知識系統中，有一個大致完整的、屬於華文文學的部門。我們能夠信手拈來好幾名華文文學的經典作者。閱讀得廣泛的孩子，能從語文教育課綱延伸出更加全面的華文文學圖景。

當前的東南亞語、原住民族語、客語、台語教育，並沒有一樣的強度和全面性。這個情況的改善，有賴我們的國家從中國國民黨獨裁時期霸權式的語言政策脫離得越來越遠。語言環境漸趨正常以後，各語言間的相對關係也會越來越平等。同時，我們的確能夠藉由平等、多元的語言教育來建立更健全的語文知識，破除對於語言的迷思。就這個目標而言，台語文學的教育，恰恰能夠幫助我們更準確地認識華文文學。甚至，能夠幫助我們在課綱的文言、白話比例論爭中，找到更中肯的觀點。

我國語文課中的「白話文」教育，直接繼承中國「五四運動」中「我手寫我口」的傳統。無論是「白話文」或「我手寫我口」，都在表達「話」（口語）和「文」（文字）之間的對應和搭配。在流俗普遍的認知當中，這幾乎就是五四白話文運動全部的意義。甚至，是現代文學全部的意義。但真的是這樣嗎？想要回答這個問題，台語文學恰是個絕佳的切入點。

　　如同前文所排比，細緻、完整的台語教育勢必應該以台語文學作品作為教材。但「台語文學」是什麼，它的範疇又該如何界定呢？從台語文學發展的早期直到今天，台語文學始終有「tshiú siá Tâi-uân-uē 手寫台灣話」的關懷。它和中國五四運動的「我手寫我口」一樣，看似一個掛意「話」和「文」搭配對應的關懷。但台語文學的範疇卻告訴我們，白話文或現代文學的意義完全不止於此。

　　在 YouTube 上，有一段不時會在社交媒體流傳的影片。那是黃俊雄布袋戲中，孔明這個角色以台語朗誦諸葛亮〈出師表〉的影片；「Sîn Liāng giân: Sian-tè tshòng-giáp bī puàn, jî tiong-tō phing-tsoo... 臣亮言：先帝創業未半，而中道崩殂……」這一段影片之被轉傳，往往在強調「台語之優美」。然而，你絕對不會認為〈出師表〉是台語文學吧？同樣的，人們尊稱「台灣新文學之父」的賴和，以及與他約略同時代的文友，都創作許多古典文體的「漢詩」。那些作品，也是能夠用台語一個字也不需要改動地朗誦出來

的。這些「話」和「文」幾乎搭配得天衣無縫的作品，都不屬於台語文學。

但好一些「話」和「文」搭配得不太好的作品，卻都天經地義屬於台語文學。例如日治時期李獻璋所編輯的《臺灣民間文學集》，或時間上比日治還要久遠，紀錄台灣說唱藝術的各種「kua-á-tsheh 歌仔冊」。這些作品中，使用大量的「借字」，也就是當民間文學的創作、輯錄者或說唱藝術家不知道應該用什麼字表達他們的台語唸唱內容時，就會借用呼音和台語語音相近的漢字來表現。這些

日本時代歌仔冊《農場相褒歌》下本內頁
（圖片來源：維基百科公有領域）

借字，只表記聲音，而不表記意義。許多民間文學文獻或歌仔冊在今天讀來，往往給人似乎詞不達意的印象。換句話說，也就是這些作品中「話」和「文」經常不搭配。但它們卻百分之百屬於「台語文學」的範疇。

怎麼會這樣！如果「手寫台灣話」是台語文學的底蘊，那麼話和文搭配得並不準確的歌仔冊竟然算是台語文學，究竟表達了什麼意義呢？最直截的答案，就是「手寫台灣話」並非台語文學的定義；或至少，它並不準確。實際上，五四運動的「我手寫我口」也不是現代白話文學的準確定義。

「我與父親不相見已二年餘了」，朱自清這樣開始他的〈背影〉。但是，誰這樣說話啊？要說白話，這一篇白話文學的名著根本不白話。「我手寫我口」真正的意義，絕不只是「話」和「文」的搭配。

問題不在「話」，而從來都是「文」，問題從來都是書面語。中國古典的書面語文體，最具體的功能是和「話」完全脫離：無論各地區的語言如何不相通，都能在統一的（漢字）書面語層面上互相溝通。漢字以及以漢字為基礎的書面語這樣獲得了它的崇高性。它統一的語法以及體現這語法的經典文獻，如四書五經，成為漢字文化圈中共通的語文教材。但這些教材並沒有普遍性，在前現代的封建社會中，只有特定的階級能夠掌握這些教材和資源。

五四白話文學的倡議者，真正著眼的正是這個。高度

統一、集中，而且具有階級性的古典文言文體，再也無法適應現代的要求。五四運動當代對於語言文字的要求，剛好包含了使語言、知識獲得最大普遍性的現代化願景。

同時，現代化、普及的教育系統，最初的目的就是打破教材、教育資源的獨佔性。要打破文言文的獨佔性，勢必著眼於具有普遍性的口語，也就是「話」。文言這種書面語不適用了，在現代教育中完全沒有實用意義了。真正迫切需要的，是能夠普及而且實用的書面語。我們叫做「白話文」的這種文體，就這麼應運而生。以它為基礎，產生了我們所認知的，具有現代意義的文學。

換句話說，「我手寫我口」的意義，並不是「話」和「文」能夠天衣無縫地搭配，而是書面語（文）的革命。以漢字為基礎的書面語（文言文），原本為了因應漢字文化圈中各異的語言，而和「話」完全分開，獲得至高的地位。現代化的書面語，則使「話」和「文」不再完全乖離。但所追求的並不是它們之間的對應，而是排除「文言文」的崇高性，使「話」和「文」有所關聯，能夠一起追求個性和特色，以及更多的可能性。

那些可能性，其實就是朱自清、吳晟、鄭愁予、楊逵……各自的價值。他們的價值可不是都「他手寫他口」了，而是他們都寫出了獨一無二的聲音。

知道他們各自的特別之處，那叫語文教育，那叫文學。在華語，在台語，都是。

| 06 |
耶穌 sio-tsioh-mng

　　二○二一年四月，西班牙裔的 YouTuber 和台灣藝人在節目短片中說「台灣人都用『sánn-siâu』打招呼」，引起軒然大波。也許是西班牙裔 YouTuber 始料未及，於是進一步加碼，將問題導向族裔之間的偏見和歧視。西班牙裔的 YouTuber 根本不重要。他所發表的言論以及日後還要發表的言論，都不重要。但這個「用 sánn-siâu 打招呼（與否）」，是台灣人自己的問題。它對我們是重要的。

　　作為一個普遍性的觀察，這當然是錯的。大多數的台灣人才不這樣打招呼。但這個問題還能夠更進一步問。更進一步問，我們才能去直面真正重要的問題：台灣人用台語打招呼嗎？台灣人還用台語打招呼嗎？台灣人還反應得過來，「打招呼」就是「sio-tsioh-mng 相借問」嗎？台灣人即便還有在 sio-tsioh-mng，仍會用「hán-kiânn 罕行」、「kiú-kiàn 久見」這些語彙嗎？目前輿論界、社交媒體平

台上的風波，實際上牽動著以上這些問題。這些問題的答案，也正蘊藉在妄言「台灣人都用 sánn-siâu 打招呼」的偏見之中。

剛開始學習一個陌生的語言，最先學到的，往往是那個陌生語言中的髒話。這是一個草根、籠統，但恐怕八九不離十的觀察。而這個觀察，恰恰能夠準確說明西班牙裔的 YouTuber 惹得自己一身腥的原因。他初始接觸台語這個陌生的語言，對他而言，台語中的髒話有一種混雜著新奇與禁忌的吸引力。台灣人和世界其他文明一樣，拿聯繫於生理和性的詞彙來粗俗地咒罵（「siâu 潲」意指精液）。西班牙裔 YouTuber 大概覺得莫須有地冤枉，他不過是開了個所有初始學習陌生語言的人都會開的玩笑。他也許靠著一招半式走遍天下，這種哏到了台灣竟然變成侮辱了⋯⋯

但西班牙裔 YouTuber 身邊的那個台灣人，與他完全相反。那個台灣人代表著這個事實：當台灣人失去他的語言能力，台語幾乎成為甚至是台灣人也覺得陌生的語言，僅剩的也只有髒話。那個台灣人體現的，正是台灣人失去台語能力的硬傷。正因為她再也說不出「hán-kiânn 罕行」、「kiú-kiàn 久見」，正是因為「sánn-siâu」變成她僅剩的一些語彙，才令她連開玩笑都只會拿她僅剩的髒話來用，以至於一點都不好笑。

那種不好笑，正是一種無知而不體貼的去脈絡。一個

牙牙學語的嬰兒，或者一個不諳台語的西班牙人，脫口說了「sánn-siâu」，是好笑的。這種情況，有十足的理由成為一個搞笑影片，並且賺到歡笑。影音平台上的現實就是這樣的，大家不妨試試看，將你的 YouTube 設定歸零，清除所有收視紀錄，然後你的首頁就會首先出現各式嬰兒影片，其中不乏嬰兒說出髒話或髒話諧音的影片。然而，從理應會說台語，理應台語「liàn-tńg 輾轉」，變成只會說髒話，那就一點都不好笑了。瘖啞人表演說不出話，還會好笑嗎？我們都知道不好笑。要是有人當真這樣做，還希望你笑，那我們反而會生氣。於是人們對那個「台灣人都用 sánn-siâu 打招呼」的影片生氣了。

「用 sánn-siâu 打招呼」投射出一種粗俗的印象。節目短片的攝製者也許認為他們在強調的是生猛和活力，但那種粗俗恰恰是另外一個硬傷。任何語言都有其文雅的部分，也都有其粗俗的部分。中國現代白話文學的旗手胡適那一句「娘什麼？老子都不老子了」，就是華語脈絡中絕佳的例子。就當代而言，華語要是粗俗起來，韓國瑜難道不夠你受嗎？無奈，台灣在特殊（不義）的歷史條件制約下，華語竟然獨佔了文雅的預設值。而台語、說台語的人，則在漫長的歷史中被放逐去了粗俗的那一邊。文化產品中的刻板印象，知識水準低落的人說台語，地痞流氓說台語，插科打諢的人說台語，冰的（píng-toh 反桌）！

說到台語的淪喪，很難沒有情緒。一九四五年以後，

中國國民黨在台灣不義的統治，先殺光了我們當中操持文雅台語的人，再以狹隘的語言政策扼殺台語的傳承。說台語要被處罰掛狗牌，表記台語的符號不准用（查禁羅馬字刊物及《聖經》）。等到我們的母語能力退化到只剩下和牙牙學語沒有兩樣的髒話，再來說我們都粗俗。西班牙裔YouTuber 和與他一起的台灣藝人，踩到的是我們被清鄉、被鎮壓、被貼標籤、被編派幾十年，「m̄ kam-guān 毋甘願」的神經和慘痛的記憶。

好不容易，上述的事實一再被指出來，我們終於踏上復振母語、拾回文化傳承的道路，哪裡還需要一個「台灣人都用 sánn-siâu 打招呼」的影片，把我們推回粗俗的那一邊！

台語屈居於粗俗的苦悶歷史已經過去。客觀的歷史環境，造成當前台語的通行程度大不如以往，台語作為一個語言的活力也岌岌可危。面對這樣的現狀，台灣人卻也不再只能夠怨嘆「tsiânn siong-tiōng 誠傷重」。反之，我們已經有了知其不可而為之的勇氣和魄力。現在台語是一門好生意。

近兩年來，台語文文學創作、台語文繪本、台語文翻譯的世界名著陸續出版，甚至蔚為一種風潮。《驚驚袂著等》、《奪人 ê 愛》、《小王子 Sió Ông-Tsú》、《台灣動物來唱歌》、《唱家己的歌》……僅僅只是列舉數本，連喬治・歐威爾的名著《一九八四》都有台語文工作者在著

手翻譯，幾近完成。實體的出版品之外，電子媒體、影音平台上也多有以台語為主軸的節目或頻道。「台南妹仔教你講台語」、「足英台三聲道磅米芳」、「阿勇台語」……不一而足，都是以推廣台語、教授台語作為職志的精彩頻道。其中，「阿勇台語」的主持人阿勇就是外籍人士。

在既有的選項中，何須一個只是把台語當作「tshiò-khue 笑詼」的節目來告訴我們台語是怎麼回事？又或者說，在一個產品如此繁多的台語節目市場上，一個用「台灣人都用 sánn-siâu 打招呼」來開玩笑的節目，是如何地落伍而不合時宜？

那一集品質不佳的節目引起眾怒，用流行語來說，叫做「炎上」。節目攝製者還以為炎上的因端在於他白種男性的族裔身分，殊不知，真正的狀況是他的產品不佳而被給了負評。就這麼簡單而已。

話說，那個惹得炎上的 YouTuber 名叫 Jesus，耶穌來著呢。這個巧合真是好不諷刺。「耶穌」其實會說台語呢，甚至「耶穌」在台灣說台語的歷史長達一百五十年。打從加拿大、蘇格蘭長老教會的傳教士來到台灣，並用羅馬字表記台語、翻譯《聖經》、發行報紙以來，耶穌都說台語。耶穌實際上很清楚台灣人都怎麼打招呼。

耶穌會這樣向台語「sio-tsioh-mn̄g 相借問」，耶穌會對台語說：「Pîng-an. 平安。」

| 07 |
Kàn！髒話的文學

　　二〇二一年六月，《勸世三姊妹》這齣劇場作品，因爲台詞中出現大量台語的髒話，引起輿論譁然。許多對台語推廣、復振有所負擔的人表示憂心，認爲台語的古典、高雅一直在喪失。一方面，典雅的台語沒人講了；另一方面，髒話也將一再加強台灣社會把台語視爲「低俗」、「沒水準」的刻板印象。

　　筆者曾在〈耶穌 sio-tsioh-mn̄g〉一文中評論 YouTuber 黑素斯在節目中以「台灣人都用『sánn-siâu』打招呼」來開玩笑。那篇文章的觀點，看似與批判《勸世三姊妹》以台語髒話入戲的言論不謀而合。筆者提到：人們往往最先學習到一個陌生語言當中的髒話，而台語這個語言的死亡病兆就是只剩下髒話。但我們不妨再更進一步思考，黑素斯說的髒話，和《勸世三姊妹》的髒話，是不是同一回事？

黑素斯和《勸世三姊妹》至少有兩個最主要的差異。第一個差異，在那個「都」字。黑素斯的短片說「台灣人都用『sánn-siâu』打招呼」，這是不正確的陳述，真的會塑造或者加強「（說）台語很『低俗』、『沒水準』」的刻板印象。實際上台灣人「sio-tsioh-mñg 相借問」的方式百百種。《勸世三姊妹》說了很多髒話，但同一齣戲裡，同時也有許多不是髒話的台詞。就算《勸世三姊妹》劇本中有百分之九十九的語言屬於髒話（實際上也沒有），那反而證明了「台語並沒有『都』是髒話」。

　　第二個差異，在於陳述的性質。黑素斯的短片說「台灣人都用『sánn-siâu』打招呼」，跟《勸世三姊妹》中任一個姊妹說「kàn lín khai-ki-tsóo 姦恁開基祖」，意義完全不同。黑素斯說的話代表他的認知，並且那個認知就是他要傳遞的訊息。那個訊息可能連黑素斯本人都不見得當真。但他在那一集節目中，反正就是毫不考慮言責地執意要傳遞那個訊息。而《勸世三姊妹》中任一個姊妹說的髒話呢？

　　回答這個問題之前，不妨回想你自己的經驗。曾經有一段時間，台灣的電影很會在國際影展中得獎。但那些得獎的電影，經常被當成「看不懂」的保證，是不是呢？侯孝賢、楊德昌、蔡明亮的電影裡其實都有髒話，台語的髒話。電影裡明明有誰都聽得懂的髒話，但一部電影下來最後的結果是「看不懂」。這種現象的原因，在於我們誰都

預設著戲劇作品都想要「告訴我們什麼」，都有著「言外之意」。看不懂一部電影，其實是弄不清楚它到底想說什麼，搞不懂它的言外之意。

那就好了。電影、戲劇，甚至是廣義的文學作品裡頭的話，我們一概預設它有著言外之意。也就是說，我們其實早已預設了《勸世三姊妹》裡頭無論哪一個姊妹說「kàn lín khai-ki-tsóo 姦恁開基祖」，她都不是那個意思，她有言外之意，她有她真正要表達的意思。

那是什麼意思嘛？我們就從台語、文學裡找答案。

在前面的〈童年台語國〉一文中，筆者曾經介紹過民俗學家李獻璋於一九三六年輯錄出版的《臺灣民間文學集》，這本書搜羅了當時在台灣流傳的口傳文學和民間故事，諸如林投姊、周成過台灣，其中也有唸謠和童謠。事實上，《臺灣民間文學集》的第一個部分就是童謠，而那些童謠可真是「精彩萬分」。

在童謠中常見的數數歌裡，我們看見李獻璋收集到二十世紀前半童謠界的冠軍名曲，「Tē-it kok-kong, tē-jī guân-hông. 第一國公，第二元皇」，一數到二，二數到三，一個數字有一個物事配搭。這樣數著數著，數下去，配搭的物事赫然出現了「sí niû-lé 死娘嬭」。

兒童遊戲唱歌數數，唱著唱著竟然說「你媽死了」，這是口傳文學，這是民間文學，這是「文學」，但這是什麼意思，這有什麼言外之意？有一個很直覺的言外之意

耶。中國的五毛[1]、小粉紅，道理說不過台灣人，便說「你媽死了」。從《臺灣民間文學集》的角度來看，實在是比中二還幼稚的行為。你看，這馬上就是一個從文學中看出言外之意的例子。但這個言外之意屬於延伸，不可能是日治時期兒童口傳文學中唱出「死娘嬭」兒童的本意。我們需要繼續看下去。

「死娘嬭」還不夠。數數數著數著，真正的「髒話」出現了。數著數著，配搭的物事更出現了「hōo káu kàn 予狗姦」。這恐怕是台語中髒之又髒的髒話了。但它就在兒童遊戲時唸唱的童謠當中。繼續數下去，還出現了「hōo tshenn-huan bān-to-tshò 予生番萬刀剉」，「殺千刀」都出來了，而且是被原住民殺千刀，把原住民稱呼做野蠻人（番）。在今天的眼光看來，一九三六年所輯錄的童謠，顯示當時兒童的話語及意識當中帶有性別、種族的偏見，恐怕還有滿滿的惡意。而這就是「言外之意」啊，就是我們能從髒話當中讀到的資訊。

而日治時期說台語的兒童們也並沒有「都」在說髒話。《臺灣民間文學集》中數數、數算物件的童謠裡還出現了「自動車」，而且輯錄者還在漢字旁邊標註了它們的讀音；「自動車」在那首童謠裡不唸作「tsū-tōng-tshia」，

---

1 其實就是中國操作輿論的網軍。據聞最初一則留言的酬勞是五毛人民幣，所以被戲稱為「五毛」。

而唸作「ジドウシャ」。啊！這就是紮紮實實的言外之意了。台灣的兒童，唯有在日治時期才有可能在看到吃汽油的交通工具時指著它說「ジドウシャ」！而這個「指著它」很重要。這就是《臺灣民間文學集》所輯錄的童謠最終極的言外之意：

日治時期的台灣兒童所看見的世界當中，有跟著日本人來的，非牛非馬，自己會跑的交通工具（自動車）；有從成人習得的，對異種族的原住民異文化的恐懼（予生番萬刀剁）；有對於生命消逝的焦慮（死娘嬭）；有耳聞成人彼此咒罵的話音（予狗姦）。面對他們所看見、聽見的世界，兒童伸出他們童稚、肥短可愛的手指，一一指出來，這叫童謠。這是台灣民間口傳的文學。

其中有髒話。台語有髒話。

而文學不會偏聽，文學也不該偏聽。台語中有髒話，台灣文學中就會有髒話。我們甚至能夠激進地說：台灣文學還最應該有髒話。一九二〇年代，台灣現代文學的開端，我們的「lāu sian-kak 老先覺」賴和、張我軍等人，就是要揚棄迂腐的中國古典書面語（文言文），揚棄它不認知階級、不認知苦難也不認知公義的顢頇。台灣現代文學最初的關懷，就是要認知從來不會在書面上有聲音的族群和階級，要全面地運用文學手段賦予他們聲音。那麼，台語中既然有髒話，台灣的文學當中理當有髒話。並不「都」是髒話，但一定會有，也一定要有。

它們不是在罵誰、侮辱誰。我們早就知道，或者現在知道了，它們總有言外之意等著我們去探究、去分析。然後我們會開始面臨到真正的問題：這個文學作品使用髒話這個表現形式，用得好不好？

那你就知道，在文學裡，說髒話說得漂不漂亮是個問題，而文學中的髒話不是問題。

| *08* |
台灣與台語的再發現

　　你的社交媒體平台曾經被《斯卡羅》（*Seqalu*）洗版嗎？根據陳耀昌的小說《傀儡花》所改編的公共電視劇集，甫播出就引起熱潮，不但拿下二〇二二年第五十七屆電視金鐘獎最受觀眾矚目的「戲劇節目獎」，同時也帶動觀眾對於族群、語言的討論。敏銳的評論者，甚至討論到戲劇語言中方言的腔調問題。無論是小說原著或影集改編，呈現十九世紀中期台灣恆春半島上族群關係或住民認同的準確性，都被高度關注，當然也不乏爭議。可見《斯卡羅》的播出強烈衝擊了當前台灣人的歷史認知，直接反映出這個島國的過往，遠比大眾被灌輸的刻板印象還要立體、複雜、鮮活生猛許多許多。這絕對是《斯卡羅》這部劇集的正面價值。

　　才不過一百五十多年前的台灣，簡直像是異國！而且不只「一個」異國。《斯卡羅》時代的台灣非常國際化，

有眾多文化和語言在島嶼上聚合、對話或衝突。實際上，就連觸發《斯卡羅》的「羅妹號事件」，以及劇集一開始李仙得（Charles Le Gendre）所遭遇到的清國官僚不作為，都戳破了「清國自康熙開始領有台灣」這樣的「神話」──清國的治權僅僅及於台灣西部的部分區域。李仙得看見清國官員不願意、不能，恐怕也不敢和瑯嶠十八社大股頭卓杞篤打交道。

一百五十多年前的台灣，不是我們所以為的台灣。台灣的歷史不是長期以來中國國民黨意識形態建構的歷史。台灣原本的語言環境，也絕不像現在這個被中國國民黨意識形態扭曲過的語言環境。

「羅妹號事件」以一艘叫做「Rover」的船命名。事件發生時，驚動了半個地球外的事主美國。但就台灣當時的政治環境和物質條件而言，島上其他地區恐怕都不知道有羅妹號事件。

羅妹號事件後不滿五十年，有一艘更著名的船出事了，一九一二年四月，鐵達尼號（Titanic）在北大西洋撞擊冰山後沉沒。這是一件發生在距離台灣半個地球之外的事，但不出兩個月，台灣的《Tâi-oân-hú-siaⁿ Kàu-hōe Pò》[1]（台灣府城教會報）就已經刊出鐵達尼號沉沒的事件。這

---

1 為求一致，本篇的羅馬字全部使用教會羅馬字系統，也就是「白話字」，或稱「教羅」來呈現。

篇報導以俗稱「Pe̍h-ōe-jī 白話字」的教會羅馬字寫成。也就是說，一九一二年的台灣，存在著一群人，他們能夠閱讀拉丁化文字所表記的台語，而他們之中可能有漢字不識得一個的所謂「文盲」。他們所閱讀的資訊，包含了發生在半個地球之外，北大西洋的最新頭條時事。

我們不妨設想一下，這是個什麼樣的概念？這形同筆者那從沒有接受過學校教育、大字不識一個的祖母，能夠以拉丁化的台語文字接收資訊，她與人閒聊的談資，竟是 CNN 報導過的頭條新聞。這是一九一二年台灣人識讀能力的光景之一。但曾幾何時，我們對於「字」的想像，窄化成只有漢字一種符號，連帶著把表音的字符當作「拼音」，看到「Tâi-oân」脫口而出「這是『台語拼音』」。但沒有人會把 Taiwan 說成「拼音」，因為那是好棒棒的「英文」。

我們對於歷史的想像被扭曲得窄化而扁平。我們對於族群的想像被扭曲得窄化而扁平。我們對於語言的想像被扭曲得窄化而扁平。

《斯卡羅》激起的連漪很震撼，但我們不妨提醒自己：那個時代沒有一個「台灣」。威風彪悍的卓杞篤大股頭管制的領土不叫做台灣；清國所管制的區域也夠不上一個台灣；吳慷仁飾演的那個角色不會覺得自己是台灣人。人物與族群關係複雜的《斯卡羅》實際上不可能凝聚或投射出任何形式的台灣認同。反而是一百五十年後，我們社會中

出現而且生根的台灣認同，將「台灣」設想成了一個共同體。這個共同體的意識，把《斯卡羅》看得很重要，它雖然繁雜，而且裡頭的人們各自為政、各懷鬼胎，但我們認為那是我們所有人共同的過去。這是一個現代化的成果，這個成果恰恰也令我們的台灣終於逐漸擺脫不曾全面現代化的「中國」。

本書所討論的台語問題，也是一種現代化的關切。前文舉例的鐵達尼號報導就展現了台語現代化的端倪。首先，從客觀條件來說，那篇叫做〈Kong-phòa Tōa-chûn〉（攻破大船）的鐵達尼號故事，是一篇登載在「報紙」上的「報導文學」作品！「報紙」，是結合印刷術和分類、傳遞資訊的科技而產生的東西。報紙的出現，就是現代化的指標。「報導文學」，是人因應現代生活的需要而去主動篩選資訊，再重組資訊，標準化之後，讓接收到一模一樣資訊的人數最大化的文學類型。人類只有在進入現代之後才做這樣的事。

這篇〈攻破大船〉的內容，更是具有明確的現代化特徵。它以「冰」開始陳述鐵達尼號的故事，說北極處有冰，其中有一些冰是動態的，它們「流落低（kē）若親像chò一條冰ê河」[2]。這些形同一條河的冰不斷往低處流動，「已經到海口冰tō鑽入水裡」。然而近北極處，海水的

2　原文全部是教會羅馬字，筆者改寫成漢羅台文使讀者較容易了解。

Kong-phòa Tōa-chûn.

Khah óa Pak-kek hia ū lô͘h-seh ná-chûn ti khan lâm-pêng ū lô͘h-hō͘ ê khoán. Lūn hit ê seh ū só͘-chāi sī chin chhim; téng-bīn ū seh ū teh ê-té--ê, tì-kàu tēng khok-khok, chiâ°-chò peng. Hit hō͘ peng ū chiām-chiām lâu-lô͘h kè ná-chhin-chhiū° chò chi̍t tiâu peng ê hô͘. Hit hō͘ peng-hô͘ ū bān-bān chìn-chêng kàu hái-nih. Í-keng kàu hái-kháu peng chiū chǹg-ji̍p chúi-nih, chhun khah tǹg chiū tōa tè peng chi̍h-tǹg khì phû tī hái-nih. Só͘ chi̍h-tǹg ê peng, lâng kiò chò peng-soa°; ū-sî chám-jiân tōa tè, lī hái-bīn kúi cha̍p tǹg koân, iā tī hái-lāi kúi-nā pah-tǹg chhim. Lūn hiah ê peng-soa° hō͘ chúi lâu, iā hō͘ hong phah kàu khah lâm-pêng, tú-tio̍h khah sio-lō ê só͘-chāi chiū ûn-ûn-á iû°-khì.

Bōe iû° ê tāi-seng, hiah ê peng-soa° sī chò hái-bīn chûn-chiah ê tōa gûi-hiám. Sái-chûn-ê mê-hng-sî khòa° bô tio̍h, ū-sî chûn khap-tio̍h peng-soa° ná-chûn lê-tio̍h chio̍h-thâu, sòa tîm-lo̍h-khì kàu hái-té.

Chāi se-le̍k 4 goe̍h 14 mê, tī Tōa-sai-iû° óa Bí-kok hit-tah, ū thi°-ê bān-kok tē-it tōa chiah chûn khap-tio̍h hit hō͘ peng-soa°. Hit chiah sī Eng-kok chûn hō-kiò "Titanic"; sì-bān gō͘-chheng tun tōa. Tùi Ke-lâng sái kàu Sin-hō͘ hiah ê chûn sī kan-ta la̍k-chheng-gō͘ tun, án-ni hit ê "Titanic" pí in sī chha-put-to chhit pōe iáⁿ tōa. Hit-tia̍p tāi-khài ū 2200 lâng tī chûn-lāi, chûn khiok bô liâm-pi° tîm-lo̍h-khì, iú-goân phû chúi-bīn chha-put-to 4 tiám-cheng-kú. In sûi-sî kòng chúi-bīn chûn sió-pat chiah chûn lâi kiù. Lêng-gōa kúi-nā chiah chi̍h-tio̍h iu ê tiān-pò, chiū kóa°-kín sái khì in hia, khó-sioh hū bē-tio̍h; kàu ūi chiū kan-ta khòa° kúi-nā chiah kiù miā chûn, kiù óa 800 lâng, ki-ū 1400 lâng sí-khì. Tōa chūu í-keng tîm-lo̍h-khì.

Tī chûn-nih ū kim-tiâu ta̍t $1,0000,0000. Chûn ê kè-chî° sī chha-put-to $1500,0000. Hit chiah chûn sī sin-sin-ê, hit-tia̍p sǹg sī iu thâu-chōa kòe hái. Chûn-chiah chiân lóng m̄-bat tú-tio̍h hiah-nih tōa ê chai-hō. Ū chi̍t hāng sit-chāi hō͘ lán thang kám-siā Siōng-tè, chiū-sī in tāi-ke sui-jiân tú-tio̍h hiah-nih gûi-hiám ê sū, iáu-kú ū chiàu tō-lí lâi kiâ°. Chiú-sī tī Se-kok Ki-tok ê tō-lí kú-kú liû-thong, só͘-í tī chûn-nih hiah ê lâng m̄-sī kan-ta tī ka-tī ài ti̍t-tio̍h kiù, hoán-tńg kam-goān sa°-niū, hō͘ hū-jîn-lâng kap gín-á seng lo̍h chûn-á ti̍t-tio̍h kiù, āu-lâi nā ū ūi chiū cha-po͘-ê chiah ji̍p chûn. Án-ni ti̍t-tio̍h kiù ê lâng khah chē sī hū-jîn-lâng kap gín-á. Che sit-chāi sī hián-bêng hiah ê lâng chi̍t-tāi kòe chi̍t-tāi ū ti̍t-tio̍h Ki-tok ê kà-sī, iā m̄-sī khui tī khang-khang.

———:———

Sió-ha̍k-hāu.

Kin-nî Tâi-lâm Thài-pêng-kéng Sió-ha̍k-hāu ê ha̍k-seng, ū nn̄g pah gōa lâng. Ūi-tio̍h kàu-sek khah èh, iú-koh bô sim-mih tú-hó ê sian-si° kàu-gia̍h thang kà, chiah m̄ ká° siu siū°-chē. Nā beh bô án-ni ê put-piān, chiū ū nn̄g pah sì gō͘ chhap lâng.

Bāng kàu se-le̍k 9 goe̍h tī Chiang-hòa ē-tit ke siat chi̍t keng sió-o̍h, put-kò hú-khó iáu-bōe chhut-lâi.

Tī chhàu-tē kúi ūi ê thoân-tō sian-si° ū siat sió-o̍h kà gín-á. Kiám-chhái ū kàu-hōe lêng-gōa chhiá° sian-si° lâi kà. Chhiá° kà hit hō sió-o̍h ê sian-si° kap thoân-tō-ê siá phoe kā Tiong-o̍h hāu-tiú° thong-tikúi-nā hāng.

1 Ū kúi ê ha̍k-seng? Hun lâm-lú.

2 Choân-ji̍t ū ka á-sī pòa°-ji̍t, chhiá° kóng-bêng.

3 Ū kà sím-mih chheh? Chhìn-chhiū° Hàn-bûn sím-mih chheh? Kok-gí sím-mih chheh? Pe̍h-ōe sím-mih chheh? Ū kà soán-su̍t bô?

4 Ū kà sím-mih pat mih?

5 Tī lín ê sió-o̍h ū sím-mih pat mih ê siau-sit? Chhiá° kì-lo̍h-khì.

《台灣府城教會報》報導鐵達尼號沉沒事件（圖片來源：台灣教會公報社）

溫度並不會使鑽入水中的冰消溶，實際上是冰河一直延伸到海中。最後，「就（chiū）大塊冰摺（chih）斷去浮 tī 海裡」。報導中的第一段文字，不但交代了冰山的形成，同時描述了冰河這種自然現象的型態。這些描述，出現在《國家地理雜誌》（*National Geographic*）中都不為過。再提醒自己一下，這是一九一二年的台語報導文學。

說完了冰山的成因，報導繼續說，「人叫做『冰山』」的這種東西，「有時嶄然（chám-jiân）大塊；離海面幾十丈懸（koân），也 tī 海內幾若百丈深」。有的冰山突出海面幾十丈高，但在海面下有幾百丈那麼深，看似平淡無奇的話，在說什麼呢？這說的是漂浮的冰塊露出在水面上與沉潛在水面下的體積，約略是一比九。這是科學性的語言啊！是經過驗證的自然現象。而這同時也是夜間航行的鐵達尼號觀測到冰山時來不及閃躲的主因。同樣科學性的語言，還可以在報導談到鐵達尼號這艘輪船本身的時候看到。報導說，鐵達尼號是來往於基隆與神戶之間輪船的七倍大。

從一九一二年的這篇報導，看得見當時的台語報導文學已經在描繪一個有生態，有觀測，有規制，能夠加以度量並且能夠相互比較的世界。一九一二年的台語報導文學，用台語的文字對世界作出極度客觀性的描述。這些客觀性，再一次恰恰是「現代」的基礎。我們不要忘了，同一時期仍然固守古典體制的中國書面文字（文言文）裡

念，幾乎完全不做這些事。中國的這些事，得在一九一九年的五四運動之後才出現。

這篇〈攻破大船〉，只是一八八五年創刊的《台灣府城教會報》的「冰山一角」。很遺憾，這樣的台灣，像《斯卡羅》那樣超出我們刻板印象的台灣，曾經從我們的認知當中被剝奪。而我們正在慢慢把它找回來。

儘管《斯卡羅》大受歡迎之際也引起很多爭議，如同台語的復振工作一向是山頭林立，吵得不可開交。但這又再一次恰恰是好事。對台灣史的印象只有（虛構的）吳鳳捨生取義的時代，你都不能跟他吵呢，吵了會失蹤會被槍斃。現在這樣大家各執一詞反而好，不是嗎？越吵，越是會吵出更接近真實的東西。

| *09* |
「台語沒有字」
的翻案文章・之一

我們來試讀兩段文字：

拭過似的、萬里澄碧的天空，抹著一縷、兩縷白雲，覺得分外悠遠。一顆銀亮亮的月球，由深藍色的山頭，不聲不響地滾到了天牛，把牠清冷冷的光輝，包圍住這人世間。

Tâi-lâm chhī-gōa chi̍t só͘-chāi, kó͘-chhêng chin-chē, tek-phō ām-ām, put-sî chhiū-ba̍k chhiⁿ-chhùi, pah-hoe siông-khui.（台南市外一所在，古榕真濟，竹部[1] 茂茂[2]，不時樹木青翠，百花常開。）

---

1 竹部：tik-phō，竹叢。
2 茂茂：ām-ām，形容草木扶疏、繁盛的樣態，也做 ōm-ōm。

第一段文字是人稱「Luā Hô sian 賴和先」賴和的手筆，他的短篇小說〈鬥鬧熱〉開篇的幾句話。這篇小說發表於一九二六年一月一日的《台灣民報》。而它的發表，讓一九二六年成爲意義顯赫的一年。

　　〈鬥鬧熱〉是「台灣新文學之父」賴和發表的第一篇小說。賴和出生於一八九四年，台灣成爲日本殖民地的前一年。他的啓蒙教育是中國古典的漢文，原先的文學性作品都是中國古典漢詩。賴和身處的時代與社會背景，更是讓一九二六年的〈鬥鬧熱〉顯得意義非凡。

　　〈鬥鬧熱〉這篇小說，一開始的寫景，就如同小說裡的文字所描述，「分外悠遠」。同時，文中「銀亮亮的月球」更是不得了。賴和知道月亮是一個球體！不是「玉盤」，不是「姮冰」，是一顆球。「銀亮亮的月球」寫的是現代的天文知識，而〈鬥鬧熱〉就是台灣現代文學的開端。我們當前叫做「台灣文學」的這個學科，可以說就從一九二六年的這一篇〈鬥鬧熱〉開始。它對於台灣文學的意義，簡直有如《舊約聖經》中的第一句話「起初，世界是一片混沌」那樣，象徵著開天闢地。

　　「拭過似的、萬里澄碧的天空」是極成熟的文字，是極成熟的華文。朋友們，要是不特別指出，你並不會覺得台灣文學以「拭過似的、萬里澄碧的天空」這句話來開天闢地有什麼好奇怪的吧？但它的確是華文喔，也是對於華文的駕馭能力堪稱精熟的文字。這又怪在哪裡呢？賴和先

鬪鬧熱

臺灣民報 86號

廿二

拭過似的　萬里洁碧的天空　抹着一練兩練白雲

覺得分外悠遠　一顆銀亮々的月球　由着淡藍色的山頭

不声不响地漾到了天宇　把地搊冷々的光揮　它圍住

這人劫间　市街上罩着薄々的寒個　人家佳邊的一顆々洞樣

電柱上的腕燈　通谍北花月光裡　寒星似的一顆々洞楊和

着花吟靜的衝度　依楊地帯老洞簫　由着晨々的晚風

傳播到廣大空间去　似報知人们　今夜是明月的良宵

這時候衝上的男人们　似皆出门去了　只些婦女们

遠遠们口喊人　那還遭沿卿戯人　圍々坐着　不知诗論

些什麼　各個兒括手畫脚　說得很似高興

二十四字諮々二十行（文英彫製）

賴和〈鬥鬧熱〉手稿第一頁
（圖片來源：賴和文教基金會）

嘴裡並不說華語啊！賴和是一個自小生活在台語聚落中的客家人。他嘴裡的客家話所剩無幾，他說台語。說台語的賴和先，在一片混沌中開啓台灣文學的作品卻是華文。如果你想試試看「台灣新文學之父」所寫下的「台灣文學」開端跟賴和先嘴裡的台語距離有多遠，不妨試用台語讀「拭過似的、萬里澄碧的天空」。你讀得出來嗎？

讀不出來，不是因爲你的台語不好，而是因爲「拭過似的」根本是華語的句型。在台語中，那個「似」會放在被修飾的擦拭動作前面，「bē-su tshit--kuè 袂輸拭過」。你根本不可能用台語讀「拭過似的」。好了，說台語的賴和，寫出來的第一篇台灣現代文學的小說作品，完全無法用賴和自己口中的台語去讀，那麼在現代文學裡一樣具有開天闢地意義的「我手寫我口」到哪裡去了？不是很矛盾嗎？

那我們就不得不回去看前頭的第二段文字，「台南市外一所在，古榕眞濟……」這是台灣第一部白話字（POJ，教會羅馬字）寫成的小說《Chhut Sí-sòaⁿ》（出死線）的開篇第一句。由鄭溪泮牧師所寫的《出死線》，發表於一九二六年。一九二六年！「台灣文學」開端的一九二六年，就已經存在以台文寫成的小說，也是第一部以台文寫作的小說。然而，它卻從來不被認爲是任何形式的「開端」。甚至，筆者開設的「台語小說選」大學課程的學生們，多數在讀到筆者列爲指定讀物的《出死線》以前，根

Chhut sí-sòan

1

Ū chit ê Lú-chú

Tâi-lâm chhī-gōa chit só·-chāi, kó·-chhéng chin-chē, tek-phō ām-ām, put-sî chhiū-bák chhī"-chhùi, pah-hoe siông khui. Ta̍k ji̍t poe chiáu, chhēng-chheng bān-bān, tī hit chhiū-téng, ki-ki kiuh-kiuh, poe lâi poe khì, chhiū-nâ ê bō·-sēng thang chai; ná-chún Sèng-chheh kóng, Kòa-chhài tōa châng, poe-chiáu lâi hioh i ê ki. In-ūi Iû-thài ê kòa-chhài, chhù-téng gōa koân. Ūi-tiòh chiáu kap chhêng hiah chē, chiū kiò hit só·-chāi 'Chiáu-chhêng chng.' Chng-lāi chit sian Sam-lāu-iâ, sī chng-bîn teh hók-sāi, ǹg-bāng pó-pì chng-thâu. Gōa ūi ê sin-sū siok-lú, iā siông-siông lâi chia sio-hiu" tiám hóe, sio kim poáh poe.

Chng gōa m̄ sī chhân chiū-sī hn̂g, sī chit chng ê lâng teh keng-êng.

   ×   ×   ×

Chng-lāi ū chit ê lú-chú, miâ kiò Chì-khîn, ki-kut tàu-ta̍h, kha-chhiú bín-chia̍t. . Hit nî 16 · hòe (1887 nî), pē-bó iáu tī-teh, sió-tī chit-ê. Lāu-pē Khó· Tek sī tōa choh-sit ka, gû kah chhia, ta̍k-hāng ū. Lāu-bú sit-bêng,

1

本不知道它的存在。

　　但《出死線》可是真正「我手寫我口」的小說！漢字不識一個，但學過教會羅馬字的阿公、阿媽卻能夠讀《出死線》。而當前具有台語文素養的讀者，也可以輕易地看「台南市外一所在，古榕真濟……」，讀出「Tâi-lâm tshī-guā tsit sóo-tsāi, kóo-tshîng tsin-tsē...」[3]《出死線》和〈鬥鬧熱〉一樣，發表於一九二六年，而且是嚴謹的「我手寫我口」作品，但直到二〇〇〇年代台灣文學體制確立之前，鮮少有人知道它的存在。賴和先「台灣新文學之父」的文學成就和地位毋庸置疑，但發表在同一年的《出死線》，明明更符合「我手寫我口」的追求，卻鮮為人知。難道因為它是「台語」，又用沒人讀得懂的羅馬字寫成的緣故嗎？

　　原因比台語、羅馬字更深刻而隱晦一些。賴和成長在日本殖民台灣的時期，感受到台灣人作為殖民地次等人的悲哀。以優美的文字開始的〈鬥鬧熱〉，實際上用廟會中陣頭的競爭、鬥毆，影射日本殖民統治的手段：引誘地方有資本、有勢力的「thâu-lâng 頭人」彼此競爭相鬥，藉此轉移、分散民氣，也就不會再有餘力反抗殖民統治。「台灣文學」確立在賴和的〈鬥鬧熱〉，正是由於賴和首部小

3　此處使用教育部公告的台灣羅馬字方案，和教會羅馬字原文有些許差異，

說作品中「反殖民」、開啓民智的現代革命精神。我們甚至可以說，「台灣文學」最初就是一個社會的、革命的傳統。而賴和以及和他同一世代的文學創作者，用文字來革命、鬥事業時，很直覺地選擇以華文作爲他們的工具和媒體。賴和甚至特意花費心力學習中國白話文寫作，才有辦法以「拭過似的、萬里澄碧的天空」來開啓台灣現代文學的傳統。

賴和、張我軍、施文杞……這些台灣文學第一代的開拓者，全都以華文創作。他們每一個人拿來創作的文字，都跟他們嘴裡的話語不一樣，但他們仍然寫。箇中原因，實際上是因爲包含殖民地台灣、日本、韓國、中國、東南亞……整個漢字文化圈是一個更重視「文」的文化。在這個文化圈中，尤其是台灣和中國，「文」（書面語）和「話」（口語）本來就是完全分開的，而「文」的位階高於「話」。賴和本來寫中國古典漢詩，說的是台語，文和話分開；革命者賴和先完全覺醒後，寫意圖喚起民眾的華文小說，繼續說台語，文和話分開。這對賴和先來說，實在是再平常不過的事。文和話分開，賴和很習慣。

賴和習慣文和話分開，有他的特殊條件。賴和的中國古典文學造詣和白話華文造詣都好，他非常習慣文和話完全分開的文化。但年紀小賴和先一些的台灣人，就開始不習慣了。在一九三〇年代，台灣的文學者果然問出了隱藏在〈鬥鬧熱〉之中不可避免的問題：「我們說的是台灣

話，爲什麼不是用台灣話來創作？」這個問題於是演變成一九三○年代的「鄉土文學論戰」。但其實，當時他們問的問題，早在當時就解決了。鄭溪泮書寫他嘴裡的台語的《出死線》，早在一九二六年已經發表。只是大家不全都會羅馬字。

到了我們這個時代，賴和先的〈鬥鬧熱〉跟我們嘴裡說的話竟然又不太有隔閡了。年紀小賴和一些的人已經不習慣的現象，我們竟然習慣了，而且是很習慣。我們的文和話不分開了！賴和先寫華文、說台語，他的文和話是乖離的。但賴和先的文和我們的話並不乖離。我們甚至毫無違和感地就覺得賴和先的華文作品〈鬥鬧熱〉就是台灣文學的開天闢地，而且還不見得看得見賴和的文和他的話乖離。

因爲我們全都說華語啊！我們都說華語，是不自然的結果，但我們都說華語，才是「台語沒有字」這種迷思最根本的原因。

| 10 |
「台語沒有字」
的翻案文章・之二

　　上一篇〈「台語沒有字」的翻案文章・之一〉談到賴和發表於一九二六年的文學創作〈鬥鬧熱〉。這篇短篇小說，除了開創台灣新文學的文學史意義，同時呈現了賴和那一代台灣文學者言、文乖離的現象。具體來說，就是賴和並不「我手寫我口」。台灣新文學之父賴和說台語，寫的卻是華文。其實，這個「矛盾」的現象倒還不在賴和的「手」和「口」矛盾，而在於「我手寫我口」這個語言現代化的運動，幾乎是東亞國家現代文學共同的特徵。但我們的賴和先（Luā Hô sian），那個開啓台灣新文學的男人，卻並不「我手寫我口」。

　　同樣在一九二六年出版的小說《出死線》（Chhut Sí-sòaⁿ），由鄭溪泮牧師以教會羅馬字（Pe̍h-ōe-jī，白話字）寫成。先前提到，賴和先的〈鬥鬧熱〉無法以台語讀出，而《出死線》這部作品朗讀出來就是台語，因爲寫在紙上

的就是台語的文字，紮紮實實一部「我手寫我口」的台語文作品。但它一不廣為人知，二沒有開創「台灣的台語文學」。

雖然那都是一九二六年的往事，但時至今日，我們的台灣人竟然還會認為「台語沒有字」。知道台灣文學史的人會「m̄-guān 毋願」，會想要反駁：「賴和先不只寫小說，他還創作漢詩啊。那些古典的詩作，是可以用漢字的台語文言音朗誦出來的，那些漢字就是台語的字啊！」知道鄭溪泮牧師的作品《Chhut Sí-sòaⁿ》的人也會想要反駁：「一九二六年白話字小說《Chhut Sí-sòaⁿ》就出版了，當時還有已經發行了三十年的《Tâi-oân-hú-siâⁿ Kàu-hōe-pò》（台灣府城教會報），也是用白話字來印行。那些羅馬字就是台語的字啊！」

但是，問題就在於並非所有人都知道台灣文學史，台灣文學史也不在義務教育的課程中（本文也並不主張台灣文學史必須在義務教育的課程中）。同時，問題也在於白話字幾乎從來不是台灣人要的「字」。台灣人以為「台語沒有字」裡頭的那個「字」，指的是漢字。而前一段把賴和先創作的漢詩「也可以用漢字的台語文言音朗誦」拿出來，也並不足以說明「台語沒有字」這個看法的成因。

「對的」事物實際上並不能反駁「錯的」事物。同樣的，台語實際上有字，並不足以反駁「台語沒有字」這個迷思。那麼，該怎麼破解呢？

我們就問：「認爲『台語沒有字』，那是爲了要幹嘛呢？」又或者問：「說了『台語沒有字』，接下來要說什麼呢？」

　　台語若沒有字，那就是寫不出來吧。這樣講，對我們賴和先的小說創作來說，還剛好頗有道理呢。賴和是台語人，寫的卻是華文小說。對台語人賴和來說，那就是台語寫不出來嘛。但賴和的〈鬥鬧熱〉這篇小說，如果放在時間線上觀察，意義之不同，卻有驚人的差異。野生的賴和先和他的同代人，是知道〈鬥鬧熱〉的文字跟他們嘴裡的語言格格不入的。他們知道得很清楚，所以〈鬥鬧熱〉發表四年之後，台灣就發生了第一次的「鄉土文學論戰」，而這個論戰就只是在追問一個問題：「我們嘴裡說台語，爲什麼我們嘴裡的台語沒有變成小說？不是『我手寫我口』嗎？」

　　但是，當代的我們讀到〈鬥鬧熱〉的時候，卻不太會感覺到我們的嘴和捧在手上讀的小說有什麼違和感。在時間線上，〈鬥鬧熱〉是沒有變的，它就是那些文字。那麼，關鍵就在我們變了。我們跟賴和先不一樣。我們變了。我們都說華語。而一旦我們都說華語，那麼「我手寫我口」寫出來當然就是華文。

　　但是時間線（歷史）上的演變其實不是這樣的。不是「我手寫我口」。台灣是殖民地，殖民地的教育，教的一定是殖民者的語言。當殖民地人民接受教育，他就必須去

學會寫課本上的文字。對小賴和先一代，接受日本殖民政府義務教育的人而言，那是日文；對一九四五年之後接受中國國民黨政府義務教育的人而言，那就是華文。學華文，然後你得把它讀出來，朗誦出來。最終，你必須會講華語。殖民地的人從來不是「我手寫我口」，而是「我手規定我口」。手寫ㄅㄆㄇㄈ，手寫「國字」；手上練習寫的，進而規定嘴巴裡說的話。而筆者說的可不是現在的孩子，我說的是一九四五年之後，最初開始接受中國國民黨義務教育的世代。他們手上寫的字，規定他們嘴裡講的話。講「國語」。不能不講。

這個「我手規定我口」的最初幾個世代，深刻地影響了他們之前和之後的人。他們的前一個世代，他們沒有接受中國國民黨義務教育的父母輩，並沒有學寫「國字」。那麼他們就只剩下他們的嘴（口）。他們變成「文盲」，嘴裡是台語，手上寫不出國字。這樣的情況，正好是「台語沒有字」。

而「我手規定我口」世代，不能不講「國語」的世代，就會跟他們下一輩的子女講「國語」。這些講「國語」的下一代，進入中國國民黨的義務教育中，學會寫「國字」，他們不會知道自己的上一輩是被「我手規定我口」，然後他們將要開始以為自己正在「我手寫我口」。這一段時間線最終的產物就是我們。而現代就業市場所造成的隔代教養，往往使我們最先接觸祖母、祖父那個世代，沒有接受

中國國民黨義務教育而成為文盲的那個世代。他們的台語沒有字。於是，我們所僅有、從他們那邊撿到的殘破的台語，當然也沒有字。

「台語沒有字」，真正表達的是一段台語人變成全都說華語的歷史。而訓練說華語的過程，則使文字也失去了。以賴和先的那個脈絡來看，台灣說華語的人對字的想像唯有漢字，而漢字只有華語的呼音。漢字的台語文言音失去了。本來也屬於台語的漢字也失去了，便沒有字。以白話字的那個脈絡來看，白話字是最樸素的「我手寫我口」，嘴裡怎麼說，拼音文字就怎麼寫。但台語人一旦不說台語，變成華語人，當然就沒有寫的必要。這樣一來，台語的白話（音）也失去了。白話字從本來已經很少人知道變成沒有人知道，那當然就沒有（白話）字了。

但最讓人神傷的其實不是這個「台語沒有字」的時間線和歷史，而是當前仍然在說的「台語沒有字」。我們追問過，說出來是要做什麼呢？

台語又沒有字，何必要學？學校何必要教？「台語（又）沒有字」，當代的用法，一向是用來反對台語、台文教育的。「有字」的華語、華文才是需要學的。從歷史上時間線的發展來看，這句話真正表達的其實是：「我（台語人）好不容易掌握了華語、華文這個有利的工具，現在反倒要找我麻煩，要我再學一個嗎？」

這就真正教人難過了。本來就該有的權利，本來的語

言，本來的舌頭，被粗暴地拔除了。有人好不容易把它爭取了回來。舌頭原來的主人非但不要，還覺得爭取回來的舌頭是個累贅。

「台語沒有字」，本來是一段悲慘的拔舌地獄的歷史。後來，則是一個藉口。不想要本來的舌頭，覺得累贅，竟然就把拔舌地獄的歷史當作正常。「對的事物實際上不能反駁錯的事物」，對於「台語沒有字」的反駁，則是指出這句話竟然直接把錯的當成對的。

第四部

台語教育

| 01 |
你的母語
不是你的母語

「爸爸，天上的『銀河』，台語要怎麼說？」

在台語的家庭教育中，這個問題難不倒我。我的台語「老師」是我的祖母，黃玉女士。如今作為一個高等教育現場台語老師的我，語言的專業基礎來自家庭教育及自學。我從不曾在任何學校機構學過台語。二〇二〇年台灣總統大選前，中國國民黨總統候選人韓國瑜夫婦一再施放「母語在家裡學就好（不要到學校浪費學習時間）」的訊息，而我們要證明他們的語言惡意並且錯誤，我恐怕是最不具說服力的個案。

實際上，為孩子提供台語家庭教育的環境，需要相當特定的能力，而我將會是極少數具有這種能力的家長。畢竟，「爸爸，天上的『銀河』，台語要怎麼說呢？」回答不出來不打緊，真正關鍵的問題是：「那你知道去哪裡找到正確而適切的答案嗎？」我回答得出來，而且我知道上

哪裡去找答案。那麼，我的孩子和你的孩子所掌握、享有的教育資源，就產生懸殊的差距。這樣的差距，相當有可能累積成你、我的孩子謀生能力的差距。最終，變成社經地位、階級的差距。

要是不透過義務教育來彌補，誰會來讓你的孩子不在起跑點上就輸給我的孩子呢？這是問題真正的嚴重性。在語言、母語如此基本的學科上，我竟然掌握了絕大部分家長理應具備卻並不具備的能力。那麼，我們的社會，我們的語言環境，出了大問題。而且，是歷史的沉痾。

我曾經就讀草屯鎮的碧峰國小。在我就讀該校的一九八五、八六年間，校園四周為水稻田所圍繞，校內百分之九十以上學童的母語是台語。黑板左下角，每天都寫著當天值日生的姓名，而值日生旁邊則登記著每日「說髒話」學生的姓名。我和我的同學們被鼓勵彼此監視、舉報。舉報人和「證人」一齊舉證，被舉報的「說髒話」者就被登記在案。姓名下頭，則以「正」字來表示累犯次數。

千萬不要搞錯了。這裡所謂的「說髒話」，就是說台語。我曾經因為開口唱前一天晚上和祖母一起看的楊麗花歌仔戲而證據確鑿地「說髒話」；或更準確地說，「唱」髒話。我的童年，中國國民黨全面黨國教育的最末期，台語，及任何其他母語，不被允許存在於義務教育的場域中。

於是，「母語在家裡學就好（不要到學校浪費學習時

間）」的眞正歷史意義，實際上是長達數十年一貫的意識形態及教育政策：試圖以各種手段不讓台語及任何其他母語存在於義務教育的場域中。中國國民黨及其從屬的意識形態，先用政治禁忌取締母語。政治禁忌被民主化揭露爲非法、不義之後，用升學的功利主義來汙名化母語教育，則是他們的困獸之鬥。總之，不讓你學母語，不讓你會母語，甚且還有一個爲你著想的妝點，「學校教母語是浪費時間」。

但仔細咀嚼「學校教母語是浪費時間」這句話，你會漸漸發現它充滿了荒謬與矛盾；你會漸漸發現，荒謬與矛盾隱約掩護著一個大魔王。

「學校不需要教母語啦，母語本來就會了。」第一個荒謬來了。這麼說來，學校裡用來教學的那個語言，不是學童們的母語囉？我們來設想一個情境：「一個地區所有的學齡兒童，在學校用非母語的語言學習各種知識」，這種情境，古往今來只會在一種地區出現，那種地區有一個統稱，叫做「殖民地」。台灣人有過這種經驗。一九三○年代末期起，日語全面成爲台灣各級學校的授課語言。那個時候的台灣，就是不折不扣的殖民地。當時殖民政府的政策是不再讓台灣人當台灣人，台灣人不能是他自己，他必須是日本人。根據這個理路思考「學校不要教母語」，你會發現，告訴你這句話的人，就是殖民者的思維，而他說這句話所使用的語言，就是殖民者的語言。

「學校不需要教母語啦，母語本來就會了。」接著是一個矛盾：如果「本來就會」的那個語言叫「母語」，那麼二〇二三年的現在，全台灣的學齡兒童本來就會的那個「母語」是什麼語言呢？是華語。華語是我們每一個人本來就會的真正「母語」。現在正在讀本文的你，關切著子女教育問題的你，為人父母的你，不妨想一想：華語，這個你本來就會的「母語」，是不是你的母親的母語呢？十之八九，你將要發現，你的「母語」和你的母親的母語，竟然不是同一種語言。

這要是不在台灣，「你的『母語』和你的母親的母語不是同一種語言」，只有一種可能：那個人其實不是你的母親。我的老天鵝啊，怎麼會這樣？「Ná ē án-ne 哪會按呢」？你恐怕已經發現，被掩護在荒謬與矛盾之後的大魔王，就是華語。

我們有一個共通的語言，華語，它是我們本來就會的母語（native language），但它又不全是我們的母親的母語（mother tongue）。我們共通的語言，並不是一個正常的存在。使用華語的人口，在一九四五年開始系統性地移民到台灣。然而，移民的數量並不足以讓華語最終變成全台灣共通的語言。中國國民黨威權獨裁的體制，透過優勢武力、公權力、機關及機構的力量，使華語成為干擾各原住民族語、客語、台語自然發展的大魔王。

二〇二〇年的台灣總統大選之前，華語已經成為台灣

全國共通的語言，而各原住民族語、客語、台語全部瀕死。
文化團體、政黨、各族群的語文工作者透過各種努力，搶
救消失中的母語，經常會面臨一種說辭和質疑：語言本就
彼此競爭，有些語言最終死亡，這是天經地義的事。但眞
正的問題就在於，各原住民族語、客語、台語的瀕死，完
全不是出於「天經地義」的自然競爭，而是人爲所導致。
而且，那個「人爲」是獨裁的、壓迫的、不義的人爲。華
語本身沒有錯誤，但它是被中國國民黨當成統治工具幾十
年，干擾台灣語言環境的大魔王。

那麼，當你希望你的孩子能夠具有流暢順利使用各原
住民族語、客語、台語的能力，卻有人告訴你：「母語在
家裡學就好，不要到學校浪費學習時間。」具體的意義究
竟是什麼呢？具體的意義，就是他要你用個人的力量，自
己去對抗獨裁、壓迫、不義的國家機器積數十年功力累積
出來的後果。具體的意義，同時也是他要你用個人的力
量，自己去爲中國國民黨不義的語言政策負責。

沒這回事。用體制性力量奪走的，只有用體制性的力
量才能奪回來。

天上的「銀河」，台語叫「hô-khe 河溪」、「hûn-hàn
雲漢」或「gûn-hàn 銀漢」；而你可以到「教育部臺灣閩
南語常用詞辭典」、「臺日大辭典台語譯本」、「Chhoe
Taigi 台語辭典」或「iTaigi」等網站找答案。

| 02 |
當台語遇見漢字

「征車自念塵土計，惆悵溪邊書細沙。」

那是德州大學奧斯汀分校校園對街，學生們聚集，或研讀或清談的 Medici 咖啡店。我和我的博士班同學對坐。翻到這首杜牧〈商山麻澗〉的最後兩句，我那來自香港的同學把書捧了過去，等閒之間用粵語讀出了「征車自念塵土計，惆悵溪邊書細沙」。陌生的語音瞬間都化作輕盈靈動的舞者，在我耳裡蹦跳。

我目瞪口呆地問：「你怎麼會唸？」

我的問題，並不是一個問題。它是一個各種問題鬱結成的困惑，它是一段扭曲歷史錯綜出的沉痾。「你怎麼不是唸『ㄔㄡ／ ㄔㄤˋ ㄒㄧ ㄅㄧㄢ ㄕㄨ ㄒㄧ ˋ ㄕㄚ』？」但是他何苦要這樣唸？他是一個粵語人，用粵語去唸也是好合理。「但你又怎麼『會』用粵語唸？」一個好合理的前提，導致一個好荒謬的追問。粵語人當然「會」

用粵語唸。眞正的問題，終極的問題，其實源自於我自己出了「問題」：

我好歹也是個台語人，我會用台語唸嗎？

我不會。好歹也是個台語人的你，會嗎？好歹也是個客語人的你，會嗎？顯然有人會。在 YouTube 搜尋「出師表」＋「台語」，你會找到一系列以台語誦讀該文的影片。如果〈出師表〉能夠用台語唸，杜牧的詩能夠用台語唸，那麼，〈蘭亭序〉、〈赤壁賦〉想必也可以，〈水調歌頭〉的「但願人長久，千里共嬋娟」也可以。事實上，所有的中國古典文體，都能夠用台語誦唸。去學，就會。

那一種「會」，在從前有一個基礎。學童在「會」的老師指導下，用台語誦讀《三字經》、《弟子規》、《千字文》等作品，默想強記，學會「用台語誦唸中國古典文體的能力」。這種透過耳濡目染習得「用台語誦唸中國古典文體的能力」，曾經存在於中國移民開始移居台灣到日治時期的歷史之中，稱爲「漢文教育」。去學，就會。在日治時期創作漢詩的賴和顯然會。日治結束後，以自身文化底蘊搬演掌中戲的黃俊雄顯然會。你去學，你也會。但眞正重要的是知道不只你會，別人也會。而這個「別人」，甚至是馬來西亞人、朝鮮人、日本人。

一九四五年八月十五日，日本全境（包括台灣）透過收音機放送聽見裕仁天皇唸出日本接受盟軍條件並投降的〈終戰詔書〉，史稱「玉音放送」。那一個當時日本全境，

包括台灣，沒多少人眞正聽得懂的文獻的第一句話，在書面上長這個樣子：

朕深ク世界ノ大勢ト帝國ノ現狀トニ鑑ミ，非常ノ措置ヲ以テ時局ヲ收拾セムト欲シ。（朕深鑑世界大勢與帝國現狀，欲以非常措置收拾時局。）

原文和中文翻譯看上去有八十七分像！其實，連讀音也是。玉音放送，就是裕仁天皇用他身爲皇族必須具有的「用日語唸誦中國古典文體的能力」，去讀出內閣延請漢學博士所草擬，以中國古典文體寫成的詔書。

這到底該怎麼讀呢？受到漢字文化影響的語言，如台語、粵語、日語等，往往對漢字發展出「文讀」與「白讀」。例如，「熱情」台語說「jia̍t-tsîng」，而「熱天」台語說「jua̍h-thinn」。同一個「熱」字，有兩種讀音。前者概念性地將親切友善比擬爲高溫，後者則具體地描述夏天的高溫。取其概念，是漢字的文讀；取其具體，則是白讀。熱情的「jia̍t」，是「熱」字的文讀；熱天的「jua̍h」，則是白讀。當台語遇上外來的文體，如中國的古典文體，便以漢字的文讀誦唸。

自西元前三世紀中國的秦始皇「書同文」開始，漢字文化逐漸蔓延整個東亞。所到之處，被漢字文化影響的人們，莫不用自己的語音去讀漢字。秦帝國時期南方的楚

裕仁天皇〈終戰詔書〉第一、二頁（圖片來源：維基百科公有領域）

人、越人是這樣。後來的日本人、朝鮮人也是這樣。同時，也形成了某種程度的「漢文化優越」——「用自己的語言唸誦中國古典文體」這樣的能力，成爲「讀書人」的必備，成爲朝鮮、日本貴族的必備。最終，漢文化優越變成一種階級。

不信？讓我們回到我在奧斯汀咖啡店中，最初「作爲一個台語人，不會用台語讀杜牧詩句」的焦慮。試問，也作爲台灣人的原住民、東南亞新住民，在跟我一樣努力想要保住自己母語的同時，會有一樣的焦慮嗎？他們完全沒

有相同的焦慮。「能否用自己的語言誦讀中國古典的文體」，於他們不是一種能夠形成判斷或高下的準繩。而台灣原住民及東南亞新住民的後裔，在漢文化本位的體制中，也要一體學習中國古典文體，看似義務教育，實際上正是漢文化優越促使異文化也要一體學習中國古典文體。漢文化優越，也令我聽聞博士班同學以粵語讀出杜牧詩句而產生關於台語的焦慮。但是，爲什麼要會用台語唸杜牧詩句呢？如果「爲什麼要會用台語唸杜牧詩句」這樣的問題顯得有些不著邊際，那麼不妨換成那種特殊能力的基礎：「爲什麼要會用台語唸《三字經》、《弟子規》呢？」

親愛的讀者，我在這篇文章的一開頭就已經促狹地在心裡期待你在這裡將會大聲抗議：

「笨蛋，眞正的問題是『爲什麼要唸《三字經》、《弟子規》』！」

沒有錯。內蘊著漢文化中的父權、性別不平等的《三字經》、《弟子規》根本不應該是教材。哪怕學習目標是「知道台語對漢字多有文讀和白讀」這個對於台語及台語文能力重要的大節。再一次檢視「作爲一個台語人，不會用台語讀杜牧詩句」，焦慮的核心實際上是「對台語的漢字文讀不熟練」，而完全不是杜牧詩的文學價值。那麼，也就更不用說價值低落或至少價值堪慮的《三字經》、《弟子規》。

也就是說，想要具有運用台語誦唸中國古典文體的能

力，哪怕出於推廣或保全台語的意願，都是一種綑綁。同時，建構以文讀音識讀台語漢字之能力的教材，大可以不必是中國古典文獻；甚至，根本不應該是中國古典文獻。唯有如此，台語、台語文以及廣義的台語作為國家語言之一，或作為台灣人的「母語」之一，才得以是獨立而解放的。

親愛的讀者勢必要問：「那適合用來教授台語漢字文讀的教材又是什麼呢？」

我知道你不會被我捉弄第二次的。「文讀」跟「文言文」根本沒有直接的關聯性。教授台語漢字文讀的教材，就在我們自己的語言當中。事實上，前文「熱情」和「熱天」的舉例，已經是一個微型地教授台語漢字文讀與白讀的教案，同樣的教案還能夠發展下去。例如，「傷寒」台語說「siong-hân」[1]，「寒」字說的不是溫度，而是低溫引起的不適，這是文讀；「寒天」台語說「kuânn-thinn」，「寒」字具體在說低溫，這是白讀。

（至於吃的「寒天」呢？這種外來的語詞，當然都用文讀唸成「hân-thian」。你不妨親自運用你的台語語感，想想「天」字的文讀、白讀教案。）

台語這個語言有文讀漢字的能力。但「文讀」這個能

1　教育部頒訂的台語漢字「傷寒」還有另一個文白組合唸法 siunn kuânn，亦即「太冷了」的意思。

力、「文讀」這種呼音，並不是因為讀文言這種古典的文體而具備的。事實正好相反：具備文讀能力的效果之一，是自然能夠以台語誦唸中國古典文體。（而以母語誦唸中國古典文體不但非必要，也不該是人人都需要面對的經驗。）而它真正重要的效果，在於全面掌握我們自己的語言或抽象或具體描述這個世界的方法。

　　精準、順暢地用台語描述這個世界，或抽象或具體，就叫做「liàn-tńg 輾轉」，不是嗎？

| 03 |
童書，火星文和錄影帶

街邊小發財車後斗掛個標語「很慢的奶雞」；廟埕洗手處嚴正又不失促狹地提醒「昏桃賣卵蛋」。

你總是知道那在說什麼。「奶雞」或許是碩大甜美的玉荷包。隨意棄置煙蒂的話小心你的卵蛋。你總是知道那在說什麼，不時覺得莞爾。甚至，會有論者振振有詞告訴你，這就是「台灣華語」南腔北調的語素混生的生命力與獨特性。更不乏有人認為這樣的獨特性與中國的華語判然有別，幾乎就是「台灣只此一家」的認同之彰顯。沿著這個路徑衍伸下去，台灣的語言環境儼然無事昇平的粉紅色，沒有哪一種語文危急存亡。更不消說，當下能給個「台灣華語」的名字，獨特性和認同彷彿就固若金湯。

伍佰的搖滾態度不願意就這麼得過且過。近幾年，伍佰音樂 MV 的台語歌詞字幕，展現驚人的準確性。再沒有「七桃」、「煙斗」等字眼，幾乎百分之百使用教育部公

告的推薦用字。國立臺灣師範大學臺文系呂美親老師在〈雙面孤鳥，釘根之花──伍佰的台語專輯，台灣的二十年〉一文中指出，她發現伍佰的歌詞使用標準化的台語文而當面詢問，伍佰自述是「一個字一個字透過（教育部臺灣閩南語常用詞辭典）網站查詢而來的」。

呂美親老師慧眼將「台灣的二十年」放作標題的文眼。台灣流行音樂錄影帶、MV 台語字幕的轉變史，固然重疊著台灣社會因著富裕而興起的新型態家庭娛樂發展史，然而從「七桃」、「煙斗」到伍佰歌曲中「kng-hiánn-hiánn 光顯顯」、「tsit tsuā tsit tsuā 一逝一逝」的標準化台語用字，實際上有著比流行文化更深沉，甚至更哀傷的脈絡。而這樣的語言現象，更不只出現在市井裡兜售水果或是 KTV 的歌詞字幕中，它也存在於流行歌曲的歷史及文學中。它也比伍佰的二十年進化還長。是三十年，甚或四十年。

這個比流行文化更深沉而哀傷的故事，得從一本童書說起。

一九八七年，台灣解除戒嚴令前後，台灣的社會力即將衝破中國國民黨極權的壓迫圍堵。商榷政治論述和政治資源仍然是禁忌，沛然不可禦的社會力轉而挑戰未成年性工作者（救援雛妓）及居住（無殼蝸牛運動）、環保等社會議題。

在當時的社會風氣下，出現了《神射手和琵琶鴨》。

這一本童書，以黑面琵鷺作為主題，試圖啟動台灣孩子的環境友善意識。書中的主人公，一位善使彈弓的神射手，經歷一番自省以後，將他慣常瞄準黑面琵鷺的彈子轉向誘捕黑面琵鷺的網子。

那個神射手臉上生有一顆黑痣，人們叫他「黑豆仔」。黑豆仔，oo-tāu-á？

不是的。在《神射手和琵琶鴨》這本童書中，內文附有注音符號；這位神射手，在書中很明確地叫做「ㄏㄟ ㄉㄡˋ ㄗㄞˇ」。要是不仔細省察，恐怕還不易發現其中的違和。一來，若是在華語的語境中，根本不會喊人「××仔」；臉上有痣的神射手，怕應該暱稱為「豆子」或「黑豆」。二來，若是在台語的語境中，則哪來的「ㄏㄟ ㄉㄡˋ ㄗㄞˇ」？竟然有人叫做「ㄏㄟ ㄉㄡˋ ㄗㄞˇ」，只有一種可能：

天經地義喊他「oo-tāu-á」的人，並不被允許說台語。他們只能委屈地另闢蹊徑，於是那人的名字變成了「ㄏㄟ ㄉㄡˋ ㄗㄞˇ」。

《神射手和琵琶鴨》的作者，是李潼。本名賴西安的李潼，不只是兒童文學作家，同時也是台灣校園民歌運動的參與者。兒童文學作家李潼在《神射手和琵琶鴨》裡透露的語言問題或「困境」，也一樣早已臨到了校園民歌運動的詞人賴西安。

賴西安的名作中，有一首家喻戶曉的〈月琴〉。先有

鄭怡，後有張清芳，高亢嘹亮地唱紅了「再唱一段思想起」！悠遠的呼喊以後，娓娓地「唱一段思想起，唱一段唐山謠；走不盡的坎坷路，恰如祖先的步履。抱一支老月琴，三兩聲不成調；老歌手琴音猶在，獨不見恆春的傳奇」。歌詠的是彈唱人陳達信手拈來的「ṁ-tsiânn-tiāu母成調」。要是不仔細省察，恐怕還不易發現其中的違和──陳達的藝業，全然以台語為底蘊，而意欲「接續你（陳達）的休止符，再唱一段思想起」的吟詠者，唱的竟是華語。

用華語的〈月琴〉再唱陳達的「思想起」，全然是內容與形式（語言）的乖離。彷彿能夠接續，彷彿沒有斷裂，那麼地一廂情願。

李潼與賴西安遭遇的語言困境，在他一九八五年的少年小說經典作品《順風耳的新香爐》中，達到了最嚴峻的乖離與斷裂。故事中，當順風耳回憶起玉皇大帝的召見時，小說是這樣寫的：

「玉皇大帝果然一臉和藹可親，坐在他的金鈎椅……。」

「『金鈎椅』是什麼東西啊？」你恐怕要想。然後你想起「很慢的奶雞」的經驗，原來李潼想說的是「kim-kau-í金交椅」。在一九八五年，當兒童文學作家李潼嘗試以台灣在地獨特的媽祖信仰，創造台灣獨有的文化內容和兒童文學時，他找不到可用的資源來表達他的文化經驗中等同

於「太師椅」的物件。李潼知道寫做「太師椅」就失去在地性，就難說是台灣獨一無二的文化內容。但李潼在寫作之初沒有「kim-kau-í」可用，也沒有「金交椅」可用；那些符號，不在他的掌握之中，不在他的知識之中。

李潼的困頓，和賴西安用華語歌詠陳達是一樣的困頓，和台語歌曲字幕裡的「七桃」、「煙斗」是一樣的困頓，和小發財車後斗寫「很慢的奶雞」是一樣的困頓——

好幾個世代的台灣人，被剝奪了理應握在手裡的表達工具和資源。那種剝奪的後果，綿延到現在。無孔不入地習以爲常到了我們無奈學會和「很慢的奶雞」共存，甚至覺得莞爾的地步。而那種剝奪，有一個名字：

中國國民黨的國語政策。

李潼於《順風耳的新香爐》一九八六年初版原寫「金鈎椅」（左圖），再版改爲「金交椅」（右圖），和教育部今日公告之正字相同。

如果那個政策之下，某一種叫做「台灣華語」的後果顯得南腔北調，枝蔓龐雜地看似生猛，那也只不過是中國國民黨國語政策的鐵腕做不到劍及履及地趕盡殺絕。有一些苟活下來的語音、語素殘存混雜在那個仍然暴力地統攝一切的華語大傘底下。而我們竟然自滿於拿著這個不義的後果來當成我們獨一無二的「特色」嗎？

　　那多麼婢膝奴顏！志士不屑爲之。

　　「台灣華語」完全不是我們的「特色」，而是必須被清算的不義。我們拒絕任何使我們把焦點從這個事實上移開的企圖。台灣，台灣的語言眞正的特色，會是多元繁複的東南亞語文、原住民語文、客家語文、華語文、台語文平等地發展競合。而且其中曾被中國國民黨國語政策打壓迫害，或者相對弱勢的語文被積極地扶植，進行一種語言的轉型正義，變成一個複音多語的島國，才是我們的認同眞正獨一無二的特色。絕對不是其龐雜源自於不義體制的「台灣華語」。

　　單一的「台灣華語」不足以指認我們，也不是解放。不再別無選擇地屈就「很慢的奶雞」，而自如於「現挽的荔枝」、「hiān-bán ê lāi-tsi」或「現挽 ê 荔枝」，才是解放，才是眞正別無分號的台灣。

| *04* |
母湯真 m̄-thang

「母湯乎騙騙去。」

二○二○年七月，行政院蘇貞昌院長反制振興三倍券詐騙的文宣，維持著接任行政院長以後的風格：即時、活潑、精準命中目標讀者。但是文宣的文眼「母湯乎騙騙去」，則讓關切台語傳承與復振的運動者大呼吃不消。不可否認，蘇院長這一次借用網路流行語的文宣又是成功的；但許多批判其語言、文字形式的聲音，其實是痛心疾首的叩問：

「政令宣導成功，但要付出什麼代價呢？」

我們首先從表象上來分析 —— 當然，是以台語的立場和觀點。「母湯乎騙騙去」這六個字的祈使句，台灣人一看上去多半知道「這是一句台語」，而一旦將這六個字放進台語、台語文的脈絡來分辨，後三個字「騙騙去」恰是教育部公告的推薦用字，也就是俗稱的台語「正字」；而

行政院反詐騙文宣（圖片來源：蘇貞昌臉書）

前三個字「毋湯乎」，則是訴諸一個「（用華語）讀起來很像台語」的機制。這六個字的祈使句被蘇貞昌院長粉專小編表現出來的形式，反映了當前台灣國內台語使用者的語言能力：

　　台語母語者能夠以台語音去讀、去呼部分漢字。但也只有「部分」。而「毋湯乎騙騙去」六個字一半一半的比例，恐怕還高出了實情許多。

　　讀者或許想要問：那麼是哪些部分呢？靠運氣囉。運氣不好，時機 bái-bái ê 時陣，毋湯、奶雞、昏桃……不妨都拿來用，「tik-ko tàu tshài-to 竹篙鬥菜刀」嘛。台語

文老師、台語復振的運動者疾呼：「這是『火星文』。」並不見得立場相左但是權變的聲音說：「但是它親切，也用成了習慣，甚至很有趣。有趣就有『效／笑果』。」說到「有趣」，往往就是個死胡同。用了台語別字難道罪孽深重？難道連說台語的樂趣也要剝奪？

但是，真的有趣嗎？真的好笑嗎？

我們可以這樣思考：「竹篙鬥菜刀」好笑嗎？將菜刀接在竹竿上，做什麼呢？這是一個被壓迫者起而反抗時，唯有克難地運用他僅有的資源的意象。它是不好笑的。歷史上的「竹篙鬥菜刀」多半遭遇壓迫者嚴酷的鎮壓，如台灣日治時期的西來庵事件、霧社事件。偶有一些，在堅苦卓絕之中，在賠上身家性命之後，獲得光燦的成果，如台灣脫離中國國民黨獨裁的民主化運動。無論如何，被鎮壓或卓然有成，都不是好笑的。如果不是被剝奪了資源，被解除了武裝，被打斷了手腳，有哪一個志士不想船堅砲利呢？

「母湯」就是這樣的不好笑。中國國民黨數十年藉著威權和武裝優勢強加的語言清洗，等同於拔掉了我們台語的舌頭。理應說台語的人日漸不說了，而會說「m̄-thang」的人寫不出來。百般無奈之下，以流行語「母湯」將就，我們竟然認為有趣了，甚至主動賣弄、捍衛這種趣味。被拔掉了真舌頭的人，口齒不清，話不成話。假設我們一邊感到莞爾，一邊敦促著：「你連話都說不清楚，一聽就覺

得有趣。來，多說幾次我聽聽。」將會顯得多麼冷血而殘酷？

認為「母湯」很有趣，是一模一樣的事。我們正在認為自己的台語能力有限是一件很好笑的事。不出二十年前，台灣人的華語能力有限，例如所謂「台灣國語」的口音，會被嘲笑；甚而，「可以」被嘲笑。當前的政治正確中，再也不能笑人「台灣國語」了。而我們卻主動開始認為自己的台語能力不夠好，不妨就拿來取樂。真的有趣嗎？有點淒涼悲慘才是真的。

不會用「毋通」，於是用「母湯」代替，並不是一件有趣的事。竟然覺得有趣，其實是被壓迫到了開始採取壓迫者視角的地步。這實在是悲傷的故事。不說你或許不知道，這裡頭有一個比悲傷還悲傷的故事。「母湯」這個被稱為台語「火星文」的東西，問題的癥結，或說「病灶」，其實不在於母湯這兩個字，而在於「聲音」。

當前台語使用者的台語能力，不只是不會寫、不認識「毋通」這兩個漢字；真正最「siong-tiōng 傷重」的部分，其實是台灣人對於聲音及語音，完全只有「漢字的華語呼音」這一種想像。也就是說，「毋通」這兩個漢字的台語呼音，台灣人只會用「母湯」這兩個字的華語音來表達。當台灣人面對無論是熟悉或是陌生的語音，永遠只會透過華語音這種對於聲音的想像加以分析，加以拆解，加以拼湊。然而，挪用華語音去擬仿，只是使它成為一個不理想

的表音系統。

　　如同本書〈對台語音的覺察和分析〉一文已經說明過的，因為漢字的華語音並不是聲音基本的構件，它根本無法拿來分析、理解聲音。勉強用它來擬音或分析語音，那也是事倍功半。它本身就是一個還可以再進一步分析的系統。於是，它便不是一個能用來分析的工具。道理其實是很顯然的。「母湯」的出現，不只是因為台語使用者的語言能力中沒有「毋通」，也因為（甚至是更因為）台語語言能力中沒有「m̄-thang」，沒有羅馬字。

　　我們根本不會「拼音」。你不服氣，你想說：「我會！」但實情是，你只會拼漢字的華語音，你只會一種完全無法觸類旁通、左右逢源的拼音系統。一個一點都不好用的系統。多不好用？當你想要表達「m̄-thang 毋通」這兩個音的時候……

　　你只會「母湯」，而且其實你只會「ㄇㄨˇ ㄊㄤ」。你也只會「ㄋㄞˇ ㄐㄧ」。你也只會「ㄏㄨㄣ ㄊㄠˊ」。它們表達得不準確。它們根本不是能夠拿來表音或分析、理解語音的工具。「母湯」根本不好笑。它也不好用。它實在是很 m̄-thang。

　　筆者甚至要說，誰都可以自暴自棄地繼續「母湯」，就蘇貞昌院長不可以。因為，那牴觸了他自己的政策。我們當前的政府一再宣示，要將台灣打造成一個「雙語」國家。姑且不論台灣本來就是一個多語國家，誰都知道他們

說的「雙語」裡頭的另一種語言是英語。而我們就這麼問一句吧：

我們這個國家裡的大多數人，遇到了「毋通」這兩個不同於華語語音的聲音，仍然只會全盤依賴華語的表音系統去模擬。這樣一個國家，你竟然期待他的人民嫻熟英語？

可能嗎？我們連跳出華語的舒適圈都老大不願意，要我們突然開始 làu 英語，可能嗎？

Yet you wish for nationwide English proficiency when the population adamantly clings on to Mandarin Chinese.

你倒是用一些華語的近似音來擬仿上頭這句話看看。你說不行？那為什麼又那麼樂意用「母湯」擬仿「毋通」，還覺得有趣？怎麼用漢字的華語音發想來擬仿英文倒不行了？

你是不是打從心裡比較瞧不起台語？

噢，我是不是說溜了什麼事？台語能力流失不要緊，但是大家都好希望孩子的英語要好、要溜。英語真的那麼重要嗎？在此不論。先假設它果然非常重要，而且我們的國家政策方向瞄準了全國上下，那怕是販夫走卒，英語都要很 liàn-tńg；不說別的，一個只會用母湯寫毋通的人，和一個能夠分析毋通的呼音成為 m̄-thang 的人，一定是後者的英文比較好。至少，一定是後者的英語說得比較好。

雙語國家嗎？繼續「母湯」的話，辦不到。

| *05* |
懂不懂啊你！

我們先試讀一段文字：

Hông-suí tho-thian, Kún tshiap Tè tsi sik-jióng í in hông-suí, put thāi Tè bīng. Tè līng Tsiok-iông sat Kún î Ú-kau. Kún hok sing Ú, Tè nái bīng Ú tsut pò thóo í tīng Kiú-tsiu.

要是沒有經過學習，或沒有台語羅馬字的基礎知識，以上的文字讀起來像天書。那麼，請試讀以下文字：

洪水滔天，鯀竊帝之息壤以堙洪水，不待帝命。帝令祝融殺鯀於羽郊。鯀复生禹，帝乃命禹卒布土以定九州。

「啊哈，這是大禹治水嘛。」是的，這一段文字出自《山海經・海內經》。它說的是人們耳熟能詳的鯀、禹治

水的故事。但是，第一段讀起來像天書的文字，是一模一樣的內容。那麼，第二段文字比第一段文字更值得學習嗎？我們甚至更可以這樣問：如果第二段文字看一眼就能大致知道說的是大禹治水，就求取新知的角度或者純粹好奇而言，第一段文字豈不是更值得去學習，也更需要去學習嗎？

這一個小小的實驗，回應的是二〇二〇年十一月登載於《聯合新聞網》的一篇報導。該篇報導提到「家長看不懂國小五年級的台語課本」，而如此將使孩子「更排斥台語」。

類似主題的報導已經不是第一次出現。事實上，對於義務教育中母語教育的抨擊，總是千篇一律地表現為這種報導的形式，每隔一段時間就要出現。每一次，都像是一種下注，賭的是「母語在家學就好，不要到學校浪費時間」能否再像韓國瑜一般捲起千堆雪。持續以同樣一種形式攻擊母語教育，賭的是把語言教育和語言環境打回華語獨霸的原形。

實際上，假託「家長看不懂國小五年級的台語課本，於是孩子將更排斥台語」的論調，在各種意義上經不起檢驗。

國小五年級的台語課本，教學的母語教師需要看得懂，以便以它進行教學；國小五年級的學童經過學習也需要懂，以便以它為基礎進行更深入的學習。唯一不需要懂

國小五年級台語課本的，恰恰就是家長。「家長」不是義務教育中母語教育的主要對象，也不是義務教育中母語教育的教學者。家長看不懂國小五年級的台語課本，根本天經地義。

家長看不懂國小五年級的台語課本，也讓「母語在家學就好」的論調不攻自破。「在家學就好」預設家長就是可以負擔教育任務的母語教學者。但是，很不幸的，這個顯然被寄予厚望的母語教學者，家長，甚至看不懂小學五年級的台語課本，又怎麼期待家長能夠肩負起在家教導小學五年級程度之台語的任務呢？

就算讀「懂」了，雖然讀不懂「Hông-suí tho-thian, Kún tshiap Tè tsi sik-jióng í in hông-suí」，但讀「洪水滔天，鯀竊帝之息壤以堙洪水」大致可以了解。這種懂，並不足以負擔教學任務。「息壤」是什麼？「羽郊」在哪裡？這一段文字，這一個故事，究竟在說什麼呢？

讀懂了文字，不代表懂得了意味；懂得了意味，並不代表具有讓別人也懂的能力。筆者在國立臺灣師範大學開設的「台灣文學史」課程，修習學生就包含了國小、國中教學現場的母語教師。筆者忝為母語老師的「老師」，教授台灣文學史，意味著台語教學者具備台語聽、說、讀、寫的語言能力仍不足夠，還需要有分析文學的能力以及文學史的視野。筆者的老師「學生」們，除了台灣文學史以外，還需要修習台語語言學概論、教材教法等課程。在義

務教育中教台語的第一線教師們，需要比懂台語還更深刻、更廣泛的「懂」，然後才取得教授學童母語的資格。其中花費的精神和時間成本又多又長又費力。

面對小學、中學母語教師為了裝備自己所投注的精力和資源，「母語在家學就好」的認知既輕佻又無知。對語言、文字知識的專業性輕佻，對自己不具備教學能力的事實無知。

《聯合新聞網》假託「家長看不懂國小五年級的台語課本」的立論則更是荒謬。家長讀不懂，而母語教師們花時間、花精神、花金錢地弄懂了，還會教，倒是母語教育的錯了？什麼時候我們的文化、我們的社會、我們的教育政策竟然開始容許以「不懂」作為起手式來下指導棋了？

假託「家長看不懂國小五年級台語課本」來立論，真正能夠教的是什麼呢？《聯合新聞網》報導中的思維才真正會去教孩子「更排斥台語」。他們會用自己對於語言、文字專業的輕佻和對於教學專業的無知，教會他們的孩子不去尊重知識，不去尊重專業，不去尊重語言。而具有這樣特質的孩子，將會有令人意想不到的發展……

他們連華語都會學不好。

把學母語的時間撥給華語，甚至撥給英語吧，他們也學不好的。因為這樣的思維，這樣的教育政策指導棋的底蘊是輕佻和無知，而輕佻和無知顯然不是學好華語或英語的密技。

一個認眞的台語教案，首先會將《山海經・海內經》這一段文字變成這樣：

　　世界咧做大水。天帝的息壤會窒水。天帝猶未允准，鯀就偷提息壤去窒水。天帝差遣火神祝融掠牢鯀，共伊刣死佇羽郊。鯀有一个後生，號做禹。天帝落尾命令禹提息壤世界行透透去治理大水。

　　Sè-kài teh tsò-tuā-tsuí. Thinn-tè ê sik-jióng ē that-tsuí. Thinn-tè iáu-buē ún-tsún, Kún tō thau-thèh sik-jióng khì that-tsuí. Thinn-tè tshe-khián hué-sîn Tsiok-iông liàh-tiâu Kún, kā i thâi-sí tī Ú-kau. Kún ū tsit ê hāu-senn, hō-tsò Ú. Thinn-tè lòh-bué bīng-līng Ú thèh sik-jióng sè-kài kiânn-thàu-thàu khì tī-lí tuā-tsuí.

　　先把原本的內容變成今日通行的台語，讀懂了文字以後，認眞的台語老師將會帶著孩子去追問我們已經問過的問題：「息壤」是什麼？「羽郊」在哪裡？甚至帶著孩子敢於「疑『經』」，敢於去指出「房間裡的大象」：天帝殺了鯀，卻派他的孩子禹去做一模一樣的事情，爲什麼？那麼，又爲什麼殺鯀？而鯀爲什麼不等天帝下令？天帝又爲什麼不第一時間下令？最終，當這些問題經過了猜想，經過了反駁，有了初步的答案，就可以拿他們當作基礎，再去問：這一段文字，這一個故事，究竟在說什麼呢？

讀者不難發現，一個認真的台語教案所提出的問題字數，比原文還要長還要多了。

　　用讀不懂國小五年級台語課本的家長作爲託辭的報導，並不問問題。而哪怕竟然讀「懂」了，也就是和原文字數相同的懂。

　　讀過了這篇文章，你想必已經知道，懂，不是那樣去懂的。

| 06 |
深度哏，
破月亮迷思的台語斬擊

　　二○二○年底上映的《鬼滅之刃劇場版・無限列車篇》的劇情，在炎柱煉獄杏壽郎和上弦之叁猗窩座的決鬥中達到最高潮。鬼殺隊頂尖劍士的對手，是《鬼滅之刃》故事中實力僅次於鬼王，令人聞之色變的十二鬼月上弦鬼。上弦鬼之下，還有下弦鬼。

　　說到月亮，總是和它連在一起的「上弦」、「下弦」，「上弦月」、「下弦月」，是什麼意義呢？

　　前面這個問題，無論是向孩子或成人發出，往往都會遭遇到對於月亮的第一個迷思。月有陰晴圓缺，月球圓弧的一邊是「弓」，另一邊是「弦」。望文生義，「上弦」大概就是弦的一邊朝上吧？但是，真的是這樣嗎？

　　首先，先不說滿月，除了接近半月的前後幾天，天上月娘的「弦」也都是圓弧的。有時，圓弧和月球圓周的「弓」同方向，形成彎彎的月牙；有時，圓弧和「弓」反

方向，形成胖胖的「盈凸月」或「虧凸月」。哪有這種弦？然後啊，任一個晚上，夜空上的月娘可不會乖乖地不動。實際上，在一個夜裡，月娘是會緩緩傾倒向一邊的。「上弦就是弦的一邊朝上」、「下弦就是弦的一邊朝下」，不但是個迷思，而且顯然沒有實際觀測月亮的基礎。

再說，「上弦」、「下弦」顯然各自有兩層意義。根據月亮曆，兩次月圓之間，叫做「一個月」。每個月的十五號是滿月。從十六號開始，月亮一天一天變得不那麼圓滿。到了二十二號、二十三號左右，月亮虧成了一個半圓，一邊圓弧像弓，一邊筆直像弦；這個月相，叫做「下弦月」。此後，再一天一天不那麼半圓；越逼近三十號，月亮越發成為彎彎月牙。到了三十號，幾乎成為肉眼難見的全黑圓盤（朔月）。這整個過程，被叫做「下弦」。下個月一號開始，月亮從上月三十號前月牙的另一邊，漸漸亮成一個反方向的月牙，此後一天一天胖起來。到了七號、八號左右，胖成了一個半圓；這個月相，叫做「上弦月」。然後更加發胖，到了十五號，重新成為光亮的圓盤。這整個過程，是「上弦」。

現在我們講的「上弦」、「下弦」，並不基於我們實際觀察的結果。實際上，它們指的就是月亮曆的「上半個月」和「下半個月」，但如今卻變成了成人、孩子對於真正月相的迷思。

說了月亮由盈而虧，再從虧到盈的過程，我們難免要

問：「那月亮究竟為什麼會有造成盈虧的陰影變化呢？」

前面這個問題，往往會再度遇到關於月相的第二個普遍的迷思：「啊，因為來自太陽的光線經過地球形成的陰影投射在月球上了啦！」

咦，真的是這樣嗎？

其實，依據目前對於上弦、下弦以及月亮盈虧過程的理解，就可以知道月球上的黑影絕對不可能是來自地球的陰影。原因很簡單。地球是一個球體，而月球上陰影的輪廓，有時是圓弧的，有時筆直如弓弦，有時介於兩者之間。除非地球的形狀在一個月間不斷變化，否則不可能在月球上形成各種不同樣貌的陰影。

那麼，陰影究竟是怎麼來的呢？

球體的月球和球體的地球一樣。在直線、平行的太陽光照射之下，一定分為亮的半球和暗的半球。我們身在旋轉的地球上，當旋轉進入太陽光線照射的範圍，亮的半球中，我們認為那叫做「白天」；旋轉離開陽光直射的範圍，進入暗的半球中，我們認為那叫做「黑夜」。其實，球體的月球和我們球體的地球一樣，而我們觀看月球不必有身在地球上的「當局者迷」。

懸掛一個一半白、一半黑的球體，然後一邊繞行它，一邊觀察它。月球繞地球旋轉，和地球的相對位置不斷在改變。我們用繞行那個一半白、一半黑的球體來模擬不斷改變的相對位置。

你將會發現，當你正對白色的半球，看到的是全白的「滿月」；正對黑色的半球，看到的是全黑的「朔月」。當你正對分割白色半球和黑色半球的直線，看到的會是半圓的「弦月」。在看到「滿月」和看到「弦月」的移動中，你將要看到模擬月亮漸虧的月相。而當你採取看見黑色半球佔據較大視野，同時白色半球只露出一點點的角度，你就要看到彎彎的月牙。月球上陰影的輪廓，有時圓弧，有時筆直，根本完全是月球本身球體的輪廓在不同觀測角度下的顯現。

　　我們在地球上的黑夜看到的月相，就是地球和一半白、一半黑的月球在不同相對位置所形成的現象。每天晚

一半光亮、一半陰暗的球體，由不同的角度觀察，就會看到不同形狀的月牙和陰影。
（圖片來源：Pixabay）

上，在同一時間走到門外，仰望夜空，你將要看到不同的月相。原因是月球每天出現在天幕然後消失的時間不同。由於這是台語課，其實不是地球科學課，月球每天出現在天幕上時間差的成因，在此就不多說。

「你也知道這是台語課。你到底什麼時候要說台語？」

這就要說台語了嘛。我們提過，現在習以為常地使用的「上弦月」、「下弦月」，其實並不基於我們實際觀測的結果，進而形成迷思。而台語到底怎麼說「上弦月」、「下弦月」？

上弦月，台語說「tíng-gue̍h-bâi 頂月眉」；下弦月，台語可以說「ē-gue̍h-bâi 下月眉」，但還有一個特別的說法，叫做「puànn-mî-gue̍h 半暝月」。

咦，怎麼台語偏偏就多了一個「半暝月」？在華語裡面根本沒有這樣相對！「月眉」所描述的，顯而易見是新月的彎彎月牙。那「半暝月」呢？它說的顯然不是形狀，而是時間。為什麼？

因為台語的下弦「半暝月」，指的是觀測結果。你試過嗎？在月亮曆滿月之後，應該要出現下弦月的陰曆二十二、二十三號，晚上八、九點走出門，仰望月空，看得見月亮在哪裡嗎？你看不到。因為下弦月恰好也在下半夜，午夜十二點以後才會出現在天幕上。「半暝月」，說的是那個「puànn-mî 半暝」才會露面的月娘。

台語下弦月的名字，「半暝月」，是說台語的先人將夜空裡的智慧安放在口頭的痕跡。

　　台語和一個地球科學教案會有什麼關係？它的關係，恰恰是我們絕不能失落了母語的原因。這個「上弦月」、「下弦月」的例子，再顯明不過地告訴我們：不同一個語言，就是不同一種觀測，不同一種尺度，不同一種觀看、描述世界的方式。甚至，更是不同一種思維。

　　同樣的月娘，亮晃晃地，承擔有好多不同的描摹方式。我們不想要遺失了任何一種。

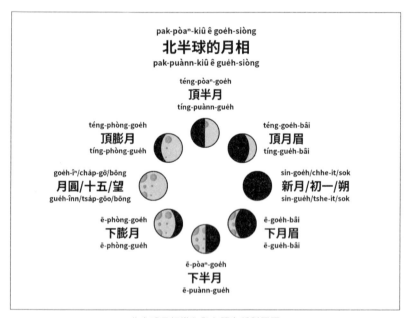

北半球月相變化與台語名稱對照圖
（圖片來源：蔡安理/逐工一幅天文圖 APOD Taigi）

| 07 |
Siri 學台語，
先別高興得太早

二〇二一年正月，蘋果電腦位於日本橫濱的分公司發出一份徵才公告，徵求諳台語（Taiwanese）及英語的電腦程式工程師。這個職缺主要的工作內容，是開發蘋果電腦公司的人工智慧軟體「Siri」以台語作為語言介面，和潛在的使用者進行溝通。具體而言，也就是讓蘋果電腦公司的人工智慧聽得懂台語，而且會說台語。就蘋果電腦公司而言，這是一個優化該公司產品消費者使用體驗的工作。

蘋果徵才的條件中，包括了「台語」，在我們這個國家既有《國家語言發展法》的現在，在我國以法律表明華語不該是獨佔一切資源的霸權優勢語言的現在，很明確地不僅僅只是一個語言問題，更是一個認同的問題。而這個多元認同的問題，有一個語言的脈絡。

蘋果電腦公司的產品，廣泛影響目前全世界人類的生活經驗。它在人類任何形式的資訊交換和流通（包括語

言）上，有極高的市場佔有率。上述這個「會台語的電腦工程師」職缺，代表了蘋果電腦公司進一步提升市場佔有率的企圖。換句話說，它注意到潛在的客戶當中，有出於族裔、政治等認同而說台語的人。這一個「發現」，其實並不特別。說台語的人存在的時間，比起計算機、電腦存在的時間，長得太多太多了。會台語的電腦工程師這個職缺真正的「特別」之處，其實是計算機、電腦這種科技，都已經發展到了機器能夠跟人講話的地步，它才注意到講台語的人的「需求」，它才知道它也必須學講台語。

如果這樣的對比不夠清楚，讀者不妨試問一個問題：究竟計算機、電腦是什麼時候會華語的呢？沒有錯，它幾乎一開始就會了。在筆者小時候，電腦還得用長得像錄音卡帶的磁帶開機的時候，它就會華語了。那時，電腦固然還不會「說話」，但華語這種語言已經出現在它和使用者溝通的介面上。有趣的是，在那一九七〇、八〇年代之交，戰後嬰兒潮世代逐漸成為職場中堅的年代，台灣使用台語溝通的人口恐怕還是遠多於華語的。但計算機、電腦這個東西，首先學的竟然不是台語，而是華語。在大部分台灣人使用台語溝通的年代，計算機和電腦卻選擇以華語和它的使用者溝通。電腦的語言能力反映的是台灣的語言環境：在學校，在職場，在一切公共的領域中，人們「被」說華語；儘管，當他們回到家中，進到「tsàu-kha 灶跤」，多半就切換回台語，但那些地方用不到電腦。就這樣，電

腦是不學台語的。電腦協助使用者計算的主從關係是反過來——「你要用電腦？先學華語。」

再想一想，「有趣的是⋯⋯」恐怕措詞不當。這不是什麼有趣的事。

終於，台灣的社會進步了，台灣的認同政治進步了，台灣的語言環境和語言政策進步了。最終，連計算機和電腦的人工智慧都知道，如果它也想進步，那它需要學台語。Siri 需要學台語，蘋果電腦公司開始徵才，找「會台語的電腦工程師」。這真是件值得欣慰的好事，好到我們很容易就忘記了，其實有個小地方怪怪的。

讀者不妨再試問一個問題：Siri 會說華語，那也是因為有會華語的電腦工程師。那麼，那個電腦工程師有多會華語呢？只是會講嗎？沒錯，顯然不只會講啊。教 Siri 華語的電腦工程師，在「會華語」之前就已經會講了。但他需要進入學校，從「ㄅㄠˇ ㄕ ㄏㄠˇ，ㄒㄧㄠˇ ㄆㄥˊ ㄧㄡˇ ㄏㄠˇ」開始學。他還需要進入中學，學蘇東坡的〈記承天寺夜遊〉，學他的「莫聽穿林打葉聲」，學吳晟〈甜蜜的負荷〉；他甚至需要學會拿「鞭數十，驅之別院」來開玩笑，或者學會用張愛玲「於千萬人之中遇見你所遇見的人，於千萬年之中，時間的無涯的荒野裡，沒有早一步，也沒有晚一步，剛巧趕上了，那也沒有別的話可說，惟有輕輕的問一聲：『噢，你也在這裡嗎？』」來為賦新詞強說愁；最後，他大有可能需要完成一篇〈如果我

有一座新冰箱〉的文章來進入大學，才終於取得資訊工程學系的學士畢業證書。

更讓我們切莫忘記了，在這個過程中，他還需要同時透過學習取得基礎的英語語言能力，甚至是基礎的日語語言能力，才有可能符合蘋果電腦公司的徵才條件，去橫濱分公司教 Siri「華語」。別忘了，是華語。成為教 Siri 華語的電腦工程師之前，需要通過上述所有的試煉。他固然不見得需要成為語言學家或文學家，但除了程式語言之外，他需要嫻熟以華語發現問題、陳述問題、討論問題、解決問題的能力。

現在，試著設想，一個準備負笈日本橫濱教 Siri 台語的工程師，對於台語這個語言的掌握和知識，來自「台語在家學就好」。

會台語的人工智慧，需要讀得懂「Tâi-gí」，需要能夠理解羅馬字上頭一會兒尖角、一會兒上撇的符號代表的意義和它們對應的腔調（這是調號），需要知道「Tâi-gí」這個詞在口語中的呼音不是「Tâi-gí」而是「Tāi-gí」（這是台語的變調），需要知道「jia̍t-tsîng」、「jua̍h-thinn」前者是「熱情」而後者是「熱天」（這是台語的文、白異讀），需要知道《Tâi-oân-hú-siâⁿ Kàu-hōe-pò》不是什麼「注音」，而是一份一八八五年開始在台灣發行的刊物的正式名稱；它們就是百分之百的「文字」（script），而不是另一種注音符號……。

以上種種，在「家裡」都學不到。

更進一步來說，台灣的學生從六歲到十八歲的義務教育期間，都在學習華語。教材從零散的語音、語詞到各種文學作品。這些教材，固然並不可能一一直接與學生未來的職涯、公共參與或人際相關的實用性產生連結。但是，那卻代表了我們這個國家的義務教育對於它所培育的公民的期待。義務教育以後的各種證書、資格、執照，全部以華語為基礎。

那麼，蘋果電腦公司日本橫濱分公司招募「會台語的電腦工程師」的徵才公告，恐怕不是一個契機，而是一個警訊：

這個世界上，業界對於勞動力素質的期待與需求，超過了我們的義務教育的培育水準。

蘋果電腦公司徵才的條件，並不只是「台語」。它找的人，還要有「出色的口才、書面溝通和團隊合作能力」，以及擁有「機器學習技術、分析數據、撰寫自動化腳本」等能力。看到這些「能力」，你想到什麼呢？

仔細分析，這些能力，每一個都和語言有關。口才、溝通、合作、學習、分析、腳本……，全部都需要語言。這也是學生在義務教育十二年期間的語言學習從未間斷的真正原因。依據這個脈絡，口才、溝通、合作……這些能力，不是普遍而沒有特定性的。實情更為複雜。以華語溝通、合作、學習……，是一組能力。以英語溝通、合作、

學習……，是一組能力。以台語溝通、合作、學習……，是一組能力。

要真正習得這些能力，會說話不夠。所以蘇東坡的文字值得學，吳晟的文字值得學，張愛玲的文字值得學，馬丁・路德・金恩博士（Dr. Martin Luther King Jr.）的文字值得學……。所以，學它們，需要花那麼多時間。

也正因為如此，要真正讓 Siri 學會台語，進而大幅提升 Siri 的台語使用者使用體驗，關鍵不會僅僅只是也會說台語的電腦工程師。而在於透過台語教育（以及適應各種需求的東南亞語、原住民語、客語教育）使我們的義務教育培育出的公民和就業勞動力具有在華語之外，運用台語，或東南亞語，或原住民語，或客語，來群策群力地發現問題、陳述問題、解決問題的能力。那麼，Siri 才有可能不只「會講台語」，而是會用台語去服務它的使用者。

| *08* |
「雙語國家」
政策根本錯很大

在本書第一部〈吳念眞的戲與文〉一文中，筆者談到綠光劇團吳念眞導演的新作《人間條件・七：我是一片雲》。那是一個約略始於五十年前的故事。

五十年前，大約是絕大多數台灣人認爲「會說華語才有競爭力」的年代。《我是一片雲》的故事，吳念眞自身的故事，台灣的故事，剛好都證明，一旦把特定語言當作競爭力，其他語言就會被競爭掉，進而死掉。很不幸地，我們這個國家近來準備動員國家機器的力量來表達「會說英語才有競爭力」，號稱「二〇三〇雙語國家」的政策。

競爭不好嗎？競爭力不好嗎？人類的歷史一再告訴我們，競爭眞正的本質是一個關乎平等的故事。

《美國憲法第一修正案》是近代人類社會最重要的文獻之一。它保障了人人都能朗朗上口的言論自由。而這一份確保自由的文獻，實際上是以「定義平等」來開始。

「二〇三〇雙語國家」政策宣傳內容（圖片來源：行政院官網）

　　《第一修正案》開宗明義說的是「國會不得立法獨尊特定的宗教建制」（Congress shall make no law respecting an establishment of religion）。美國以基督新教教徒的革命立國，在國家根本大法修正案中首先這麼說的用意，在於認知到「只要不平等，就不會有自由」，平等絕對是自由的必要條件。美國同時也是一個幾乎激進地崇尚自由市場的國家。自由競爭是美國前進的動力，在商業活動上是這樣，在政治領域也是這樣，在言論市場上當然也是這樣。

　　針對上一段那個問題，美國絕對會跳出來回答「競爭太好了」。但它同時用《憲法》堅定地表明，唯有平等才

能確保良好的競爭，而國家機器應該做的絕不是投身競爭當中，而是確保平等的市場環境，好讓良性的競爭順暢地發生。

　　不平等導致惡性競爭的惡果，中國國民黨獨裁時期的台灣已經嘗過。中國國民黨在社會每一個層面獨尊華語，一方面，確保本來具有華語能力的族群之競爭力；另一方面，迫使非華語族群產生「會說華語才有競爭力」的迷思。非華語族群不但沒有看見社會上層本來就說華語，不是說華語才成為上層，而且更進一步拋棄自己的母語，致使原住民族語、客語、台語瀕臨死亡。而政府欲推動的「二〇三〇雙語國家」政策，則一意孤行地違背「平等才能確保良性競爭」的歷史經驗，勢必令台灣的語言環境再度惡化。

　　「二〇三〇雙語國家」一開始就錯了。如果目標是雙語國家，那麼出發點就是單語國家。而如果預設台灣是單語國家，那一個單一的語言，難道會是客語或 Bunun（布農語）嗎？那個作為出發點的單一語言當然是華語！這種預設在出發點上就違反了《國家語言發展法》第四條：「國家語言一律平等，國民使用國家語言應不受歧視或限制。」教育部《重編國語辭典》[1]對於「歧視」的解釋是：

1　教育部《重編國語辭典》的名稱都已經是一種歧視，違反《國家語言發展法》第三條：「本法所稱國家語言，指臺灣各固有族群使用之自然語言及臺灣手語。」

「輕視，以不公平的態度相待。」那麼，「二〇三〇雙語國家」在前提上獨尊華語，而不以平等的態度認知其他語言，就是一種明明白白的歧視。出於對其他語言的歧視制定的政策，不可能是好政策，也不可能會有好結果。「二〇三〇雙語國家」政策最大的危機，就是執政團隊的自相矛盾，陷自己於不義。先在二〇一九年制定《國家語言發展法》，然後自己帶頭用「二〇三〇雙語國家」政策來違背自己的立法。

但是，會說英語難道不好嗎？為什麼學者專家遇到這個明明能夠推廣英語的政策就反對？錯不在英語，推廣英語的教育人員也不是反派。錯在強推雙語國家政策的執政團隊搞錯了自己的角色。

前頭提到，《美國憲法第一修正案》的基本精神，就是國家機器不應該自己投入競爭，而是確保良性競爭能夠出現的平等環境。從這個角度來看，再一次證明制定《國家語言發展法》是正確的，但雙語國家政策則是錯誤的。因為國家機器顯然將要主動地介入語言市場，積極地挹注更多的資源給英語，使市場失衡。執政團隊鐵了心這麼做，卻是出於一個跟五十年前「會說華語才有競爭力」的迷思其實毫無不同的迷思。

「會說英語才有競爭力」就是一個紮紮實實的迷思！台灣到現在仍然「好想贏韓國」吧？就用韓國來當例子。韓國劇集《魷魚遊戲》、《黑暗榮耀》大受觀眾歡迎。韓

國又再一次推出了席捲全球的文化產品。我們面臨一個嚴峻的事實——韓國文化創意產業的競爭力始終高於台灣。而我們就問：那是因爲韓國人英語能力比較好嗎？

《魷魚遊戲》、《黑暗榮耀》在 Netflix 影音平台上往全球銷售的整個過程，只有兩個環節和英語能力有關。會英語的韓國人翻譯文化產品，使它具有進入國際市場的能力；會英語的韓國人運用版權談判、行銷能力，把戲劇賣出去。除此之外，這兩部戲的整個製作團隊一句英語都說不完整也沒有關係。我們甚至可以說，那個文化產品的編劇很會編劇，導演很會導演，配樂很會配樂，演員很會表演，是因爲他們沒有把時間拿去學英文，不是嗎？

英語的確是國際通行的語言，但我們的任何產業，都沒有要全員在國際平台上與他國競爭。哪怕果然要將英語納入台灣的官方語言，也完全不需要全員「提升英語能力」。國家級公務人員、外交人員具備英語能力就可以了。而我們就再問：現在不就是這樣嗎？全員提升英語能力的必要性究竟在哪裡？

這幾年恐怕就是台灣有史以來最具競爭力的時候啊。我們一再控制住 COVID-19 疫情，自主生產疫苗。疫情穩定使台灣的生產力沒有受到太大的衝擊，進而使我們在全球供應鏈中扮演關鍵性的角色。台灣在大疫之年的經濟成長率不降反升。世界有需要，而我們則有能力補位。冷靜地想一想，這一切當中，難道埋伏著一個「台灣人英語不

夠好」或是「台灣的官方語言竟然還不是英語」的致命危機嗎？

眞正的危機顯而易見。眞正的危機是，我們將要迫使有可能成爲陳時中、羅一鈞的人花更多的時間學習英語，我們將要迫使有可能成爲翁啓惠的人花更多時間學習英語，我們將要迫使有可能成爲吳念眞的人花更多的時間學習英語。問題是陳時中、羅一鈞、翁啓惠、吳念眞的養成中本來就有英語教育，而他們也本來就有因爲既有英語教育而獲得的英語能力，而他們不夠優秀嗎？事實是，他們都在各自既有英語能力的基礎上足夠優秀。他們的既已優秀，既已具有競爭力，足以令我們破除關於英語能力的迷思，認知到我們根本沒有必要以國家機器的力量全面加強英語教育。

會說英語當然很好很好。光是這種想法，就有足夠的拉力興起學習英語的動機。執政者根本不需要煽風點火。火已經很旺了。但會說台語好不好，會說客語好不好呢？根據《國家語言發展法》，這些問題根本連問都不需要問，也不該問；因爲有好或不好的考量，就表示《國家語言發展法》第三條所載明「各固有族群使用之自然語言及臺灣手語」的國家語言之間有高下，有高下就不是平等。

國家語言之間不平等，恰好才是國家需要面對的問題。

| 09 |
這就對了——
談「國家語言整體發展方案」

　　二〇二二年五月，文化部提出「國家語言整體發展方案」。行政院長蘇貞昌在聽取文化部報告後表示：「政府的語言政策是雙軸併行，一方面成立『國家語言推動會報』，另一方面，也致力提升國人英語能力。政府不是要推動一個國語、一個英語的雙語政策，台灣不會硬性要求國人普遍會講兩種不同的國家語言，英語也不會是我國的官方語言。」從行政院的政策宣示，可以看見幾個端倪：

　　第一，原先飽受爭議的「二〇三〇雙語國家」政策暫時遭到擱置。第二，執政團隊甚至在試圖修正「雙語政策」的方向及內容。行政院在這一項政策發布中，可說主動回應了二〇二一年以來針對語言政策的爭議。而這一切的源起，正是「雙語國家」這四個字。

　　「雙語國家」意指有兩個官方語言的國家。若以這個意義來檢視台灣，我們的國家沒有成為雙語國家的條件。

台灣這個國家連一個官方語言都沒有，遑論兩個。何以連一個官方語言都沒有呢？不假修飾地說，台灣從島嶼成為一個實質國家的過程中，以華語作為主要語言的武裝組織用獨裁體制壓迫其他語言族群：中國國民黨武裝佔領台灣，它不義的語言政策造成其他語言失去正常發展的契機與活力。事實上，連說華語的族群本身也受到獨裁政府壓迫。台灣人在獨裁、威權、黨國的體制下追求自由與民主，尚且要承受身家性命不保的風險，根本無暇全面顧及語言。而它的後果，就顯現在台灣終於成為新興民主國家之後，她的國民已經被幾十年的不義政策洗得只剩下華語能夠有完整聽、說、讀、寫的語言能力。這個現實是歷史的罪衍。

於是，我們當然不能明訂華語作為台灣的官方語言。雖然它實際上就是。各級政府機關的公文書一律以華語書寫，公務人員的任用考試以華語作為基礎……華語實際上就是我們的官方語言，但是不能明說。（你看，這和台灣獨立多麼像。）為什麼不能明說呢？大部分國民只在華語具有完整的語言能力，根本是不義的後果，或傷口。我們不可能明訂華語作為官方語言來肯認這個不義的現實。但同時，我們也無法明訂島國族群使用的自然語言都作為官方語言。如果那麼做，具體的措施就是政府公文書必須依需求具有多語版本。而每一個政府機關都必須齊備使用任何一個官方語言執行業務的人力。但絕大多數的國民並不

完整具備華語以外的語言能力。訂定任一種華語以外的語言作為官方語言根本不切實際。

在官方語言的問題上，我們進退維谷。把實際上具有官方語言角色的華語訂為官方語言並不可行，其他任何一種語言訂為官方語言則是癡人說夢。（又和台灣獨立很像，不是嗎？全都是中國國民黨在歷史上的倒行逆施搞到這步田地。）

台灣這個島國上，任何一種自然語言都不是，不能是，沒有條件是官方語言。「雙語國家」政策顯然著眼的英語當然壓根兒談不上。我們連自己的島國裡本來就有在講（雖然越來越多人講不好）的自然語言、母語都搞不定了啊。台灣根本不可能成為一個「雙語國家」。我們看起來是一個有華語作為單一語言的國家，但那是不義的。一九四五年以來，先是四九年中國人大遷徙，再是八、九〇年代以降的東南亞移工。兩、三波的移民潮令我們實際上必須成為一個多語國家，但那還有漫漫長路要走。再者，台灣的地理位置以及後疫情、美中對抗局勢之下的戰略位置，都令台灣不可能不在英語這個全世界最強勢的語言上頭下苦工。蔡英文總統「台灣走向世界」的願景，就說明了這個政府不可能不大舉加強英語教育。她如果不這麼做，我們還要究責她空畫大餅呢。

Voilà！（法語的「你看！」）這就是我們的語言政策面對的現狀和需要解決的問題。

我們樂見文化部提出的「國家語言整體發展方案」至少在意識及思想的底蘊上避開了前述國家語言環境的地雷區。首先，「雙語國家」的字眼不見了。這個「不見」真好！坊間和前段時間執政者不假思索的「雙語」、「雙語教育」，實際上就是一個把帶有不義印記的華語霸權當作無需追究的預設值，並且盲目崇拜英語（能力）的迷思。

我們是需要英語能力的。這種需求無庸置疑。但台灣幾十年來的英語教育所著眼的卻不是英語的「用」。試著想想看，學英語要幹嘛？不就是具有和台灣以外的人士溝通、交流的能力嗎？英語能力的「用」，在台灣之外。而所有推銷英語教育，甚至是雙語教育的宣傳，是否著眼於台灣之外的「用」呢？從來不是。它一貫的修辭總是「贏在起跑點上」。那敢情好。贏在起跑點上是把英語用在哪裡呢？當然是用在台灣及台灣教育體制的內部。只是要在台灣內部的賽道上跑得比別人快，在台灣內部的市場中比別人值錢。這樣的目標一旦達成，「學英語」的目標也就達成。那它就不會進一步去到台灣之外。這是極大的思維陷阱，也是許多人一生英語能力最佳的時刻出現在高中三年級的根本原因。

第二，執政團隊明確宣示「英語不會是我國的官方語言」，正確地反映前述的語言困境以及對英語的迷思。「官方語言」是一國政府各級機關與民眾對話、溝通的法定途徑。試問，我們的行政機關幹嘛要對民眾 làu 英語？將英

語訂爲官方語言不但荒謬，也不可能整體提升台灣社會的英語能力。執政團隊想清楚了真好。

第三，也是最重要的一點。「國家語言整體發展方案」說：「不會硬性要求國人普遍會講兩種不同的國家語言。」這一句話，也許並不顯明，但具體定義了我們的國家語言政策，甚至定義了義務教育中本土語言教育的意義。我們不會被硬性要求會講兩種國家語言，什麼意思？實際上就是我們每一個人只要會講自己的母語就好。這個「就好」，至少有兩層意義。

國家語言平等。有人的母語是台灣台語。有人的母語是台灣客語。有人的母語是台灣原住民族語。當然，也有人的母語就是台灣華語。沒有任何一個母語者一定得會講別人的語言。這叫平等。同時，它也側面解決了當前絕大多數人口都會講台灣華語的現狀。它不是「預設值」，它不是一定要被接受。大家都（只）會講台灣華語，有原因的！（原因可以被追究、被檢討。那是行政院轉型正義會報的業務。）

第二層意義是，國民義務教育中的本土語言教育的底蘊，實際上是《國家語言發展法》中達成語言環境平等的母語復振工作。每一個人至少要會講自己的母語。但我們的社會被中國國民黨的獨裁搞得先天不良，母語根本不是也不該是台灣華語的大多數人，竟然都講去台灣華語了。那麼，國家必須要下資源幫助有意願的民眾把他的母語講

回來！

　　中國國民黨的專制不義，花了幾十年的時間把台灣的語言環境傷得歪斜殘破不堪。救治矯正回來，少不了也是幾十年甚至更長久的事業。

　　我們鬆了一口氣，現在的政策至少大方向和思想的底蘊是正確的。

| 10 |
台語考古題

　　二〇二二年度教育部臺灣閩南語能力認證在八月六日、七日登場。這年的試題中，出現台語歌仔冊以及「kuà-tiàu 掛吊」等詞語，引起廣泛討論。

　　一個語言能力認證中的題目成為輿論焦點，以台語復振的觀點看來，已經是值得欣慰的事。近幾年來，國家辦理的台語能力認證，應試人數屢創新高。認證自己的台語能力蔚為風尚，甚至成為一件堪稱很「潮」的事。進展到考題成為人們關注、討論的焦點，那簡直像極了幾十年前的大學聯考，或當前的學測。考完試，走出教室後的交頭接耳，討論「那一題你會不會寫」這樣的耳語，成為見諸報章、社交媒體那麼大的聲音，可見得參與者眾，大夥兒的得失心也重。台語和聽、說、讀、寫台語的能力，成為重要的事情了。

　　聯考、學測裡的考題，成為矚目焦點，廣泛地被討論，

它的意義並不只是大家都在考。實際上，這樣的討論從無例外地關乎考試的意義，教育的方針。每一年的學測，這樣的問題都要被討論一次，而討論出來的得失，很有可能反過頭來影響課綱的設計。這是近年來整個社會一起見證的過程，同樣的情況也發生在台語能力認證。沒有錯，歌仔冊、「掛吊」等試題引起廣泛討論，的確是大家都在學台語、大家都在參加台語能力認證的指標。但是，這些討論也終將觸及台語能力認證的意義，台語學習的意義。

很有趣的現象是，這些討論往往從試場的景象開始。任何考試，從駕駛執照筆試到出國留學的托福、雅思、GRE 考試，都看得見考生抱著「考古題」勤加練習；或者有人說「臨時抱佛腳」。而臨時抱佛腳的美妙之處，在於一旦用對了方法，它的確是有用的。這要從「考試」這回事說起。

考試使人緊張，甚至令人恐懼；拿到考卷之前，你不知道它會考什麼。但各式各樣的參考書、考古題全都在證明，其實你大致能夠預期它要考什麼。上述的對比聽起來何其矛盾！其實任何考試都明確地指明它所要測驗的標的。駕駛執照筆試測驗的標的是受試者對於交通規則、號誌的理解。托福測驗的標的是非英語母語者使用英語的能力。各種證照的考試測驗的標的是特定知識領域和技能的熟稔程度。更進一步來說，測驗的標的既然明確，那麼彙整、分析歷次試題，就能夠進一步掌握考試單位認為重要

且具有價值的項目。甚至題目設計的脈絡，更能夠顯示考試單位預期受試者應用特定知識和能力的方式和情境。透過這些歸納、分析，受試者會知道他接受測試的特定領域和技能中的典範、程式，甚至是不成文的習俗及潛規則。這些都是考古題的用處。

考古題名叫「考古」，實際上它提示了特定測試裡最新的趨勢、最新的典範。用台語詞彙來說，考古題其實把你所參加的考試當前所「iàu-ì 要意」的知識告訴你，把它叫做「考古」真的不太準確。它真正的功能是讓你知道至少到上一次考試所重視的要點。因為它很新，它依據的是所能取得最前端的資料，一旦讀過它，一旦用它來臨時抱佛腳，你就不會不知道會考什麼。它真的不是「考古」，真正的考古恐怕是越古舊越有價值。但「考古題」的參考價值隨年代之久遠遞減。因為我們實際上是在參考特定考試的最新趨勢來預期將要出現的題目。

但台灣社會當前的台語、台語能力認證卻恰恰不是這樣，考古題真的是考古。「歌仔冊」出版最興盛的時代已是日治時期。而「kuà-tiàu 掛吊」是什麼意思？它是「sim-būn 心悶」的同義詞。「『心悶』又是什麼啊！」它們都是「想念」、「思念」的同義詞。當前，當我們說台語，當我們書寫台文，當我們使用台語來抒發情緒、表達意見，我們已經不太這麼說，我們已經不太能掌握這些形形色色又能觸類旁通的詞彙。我們可能會說「su-liām

思念」，我們可能一直只會用「思念」，或者有人用到「siàu-liām 數念」就了不起了。「掛吊」、「心悶」這些並不那麼直覺的詞彙，彷彿並不存在於我們的時空。有時候，得要村莊中的耆老說了出來，或者家裡的阿媽說了出來，我們才意識到它們的存在。那些詞彙，我們已經遺失的那些詞彙，存在於曾經開口閉口就是台語的古早以前。

在那個「古時候」，台灣說台語的人最多，每個人說台語的時間很長很長，用台語來說的層面很廣很廣。事實上，那個「很廣很廣」，直接反映在歌仔冊這種庶民的出版品上頭。平平都叫做「歌仔冊」，內容有說梁山伯、祝英台故事的，有紀錄男女拌嘴、訴情的（相褒歌），有介紹時下新知的（自由戀愛歌、民主歌），有描述社會事件、聳動時事的（運河奇案）……。說台語的人多，說的時間長，拿來說的事情廣泛，直接使台語具有生命力，所謂「uáh-thiàu-thiàu 活跳跳」的語言。

然而，再往後，一直到現在，就是我們一再說的，台語落難的時代。中國國民黨黨國、威權、專制的統治和語言政策，致令說台語的人減少，台語家庭的下兩、三代不說台語；致令說台語的時間減少，在學校就不准說，在電視上只有限定的時間能說；致令台語拿來說的層面減少，公領域的物事幾乎全部只有華語能夠表達。人數、時間、層面一旦大幅縮減，台語的詞彙也必然減少。終於到了再怎麼說也只會說「思念」而不知道、不熟悉「掛吊」、「心

悶」的地步。

　　於是，我們是眞正需要去「考古」的。學台語的我們，都在面對一個客觀的事實：我們無法僅僅藉由自然狀態下的多說、多聽、多寫就學得台語、台文。我們需要刻意地尋求外部資源的輔助。台語的語言和文字，至少有六、七十年的時間沒有與時俱進。由於這樣的斷層，這個語言、文字系統的資源封存在古早的以前。在耆老的語彙裡，在《臺日大辭典》裡，在台語《聖經》裡，在《台灣府城教會報》裡，在數以百千計的歌仔冊裡……。進入這些外部資源的輔助中，汲取可以在當代情境中使用的資源，這恰恰叫做「考古」。

　　而這其實是台語能力認證中出現來自歌仔冊的考題，出現好些人並不會寫而議論紛紛的「掛吊」之意義。教育部的臺灣閩南語能力認證是國家運用國家機器的力量推動語言復振的手段，而且藉由測驗建立台語能力的標準和典範。我們的確是需要爲了考試去讀考古題的，眞正的原因是我們自己本來就需要考古。爲了考試，也不只爲了考試。

　　就爲了台語。爲了把台語找回來，說回來，寫回來。

| 11 |
台語是一個產業

　　這是一個台文系兼任助理教授一週的生活。

　　週一，下午擔任友校教授兒子的台語家教，晚上在線上教授台語會話班課程。週二，寫作《台語解放記事》一書的稿件。週三，南下台中靜宜大學教授台語文書寫與習作課程。週四，在師範大學臺灣語文學系講課。週五，師範大學課程結束後，為台語文雜誌《台文通訊 Bong 報》寫稿。週六，看學生歌仔戲社的演出呈現。這個一週時間表，每一天都像是用斜槓隔開。斜槓與斜槓之間的空檔，有時會插入時間從事一己的台語文創作。從二○二二年開始，這些「斜槓」之間會再插入每週一到四的台語電視台帶狀節目主持工作，以及每週六到中等學校台語師資進修學分班講課。

　　一個台文系兼任助理教授，在民間、官方、學界、產業界之間斜槓的事業，幾乎完全建立在台語、台語文的基

筆者與歌仔戲演出後的學生張宥棋合影

礎之上，那麼，台語就是一個產業。台語已經不是那個在
中國國民黨獨裁時期，和其他非華語的語言一併遭到不義
語言政策打壓的「sin-pū-á 新婦仔」。台語也已經不只是
台灣人在自由化、民主化之後，追求、重拾的族群身分象
徵之一。台語更超越了社會流俗的認知。當前還有民眾受

到中國國民黨準殖民統治施加的思維所影響，認爲台語「在家說、在家學就好」，或輕易說出「台語有音沒有字」的高見。但台語已經衝破枷鎖，從起跑線衝刺出去，成爲一個產業。

即使台語這個產業當前還不夠成熟、完善，但「台語」這個產業有極高的專業知識，僅僅會說台語並不足以教導自己的孩子；「台語」這個產業擁有具有發展性的市場需求，那些需求將要產生就業機會；「台語」這個產業具有和諸如教育、娛樂、影視傳播、出版、行銷等其他業界合作、交流，創造更大產能的潛力，都已是無可否認的事實。「台語」這個產業早已經把「有音無字」等高見遠遠甩開，甚至根本不屑回顧它們的車頭燈。因爲新的政策將要不斷往前。

日前通過的新課綱，已將包括台語在內的本土語言納入中等學校必修課程。這個底定的教育政策，立刻創造出師資的需求，爲教育現場的教師開創出新的專長選項和職涯可能性。筆者教授的中等學校台語師資進修學分班，就是在爲中等學校的必修台語課程儲備授課師資。而這些教師，這些課程，將要進一步培養出具有台語（及其他本土語言）聽、說、讀、寫能力的新世代。這個具有完備台語語言能力的新世代，就是「台語」這個產業的從業人員和潛在的消費者。我們的國家，我們的社會，正在正視自己具有台語的需求。有需求，就會尋求供給。充足的供給，

會培力出新的需求。供、需的機制一經轉動，產業就會形成。而「台語」的供、需機制已經轉動，它已經是一個產業。裡面的人，一齊出力令它越轉越大。

但這遠遠不是在市場上逐利，而是一個啓蒙的、人本的故事，是一個台灣人確實認識自己、站穩腳步的故事。台語、台語文有前現代中國漢字文化圈的源流，也有西方大航海時代及基督新教羅馬字的源流。這兩個源流使本書在書寫台語文時，往往能夠同時以漢字及羅馬字表記。當前的台語文作品，也可見到全漢字，全羅馬字，漢字、羅馬字混用的書寫方式。而用文字化的台語來進行書寫，雖然早在十九世紀末期的《Tâi-oân-hú-siâⁿ Kàu-hōe-pò》（台灣府城教會報）已經開始，但一九三〇年黃石輝一句「你是台灣人，你頭戴台灣天，腳踏台灣地……亦應該去寫台灣的文學了」，一舉打開了屬於台灣人的民族文學先聲。那成爲了一個悲願。在日本殖民統治底下，認清自己是台灣人，必須要有自己的聲音；在中國國民黨的殖民統治底下，認清自己是台灣人，必須要有自己的聲音。這個悲願，在一代一代的台語復振運動者的努力之下，在二〇〇〇年前後初步獲得成果。台灣的高等教育現場成立台灣文學系，並且是作爲國家文學的台灣文學系所。這是啓蒙的源流，揭開被壓迫被扭曲被隱藏的歷史，重新找到自己的身分和位置。這也是以人爲本的源流。始終有一群台語文的工作者，在華語、華文挾不義語言政策的惡果成爲最強勢

的語言之下逆風，不斷向台灣人宣講：貪圖、苟且在華語既有的利便中，將會失去自己。

在上述悲願的脈絡中，如今台語已經成爲一個產業。當前的發展，比較作爲國家語言、國家文學的台語、台文，已經又再向前一步：更加實用化、在地化、多元化。雖然台灣的民選政府考量選票、民意，至今沒有更強勢地將資源挹注在本土語言上，有《國家語言發展法》作爲法源的國家語言發展中心遲遲未獲成立[1]，甚至在既有語言環境上疊床架屋，一度草率推行所謂「二〇三〇雙語國家」政策。但筆者相信，產業化的台語教育和文化，將要使台語的活力愈來愈旺盛。而且，也會從旁助益台灣成爲多語言友善的國家，幫助「二〇三〇雙語國家」政策想要完成但努力錯方向的事。

單單說台語教學中，第四調、第八調 h、k、p、t 結尾的促音教學就好。台語中，h 結尾的字音，如「pih 鱉」；k 結尾的字音，如「pik 逼」；p 結尾的字音，如「kip 級」；t 結尾的字音，如「pit 筆」，在教學時，必須搭配羅馬字，同時解說發音時口腔、唇齒的形狀與位置，並且搭配學生對聲音的仔細聆聽和分析。以上過程所形塑的學習經驗，能夠使我們的孩子在語言學習中眞正自ㄅ、ㄆ、ㄇ、ㄈ這

1　二〇二三年四月，行政院會通過「國家語言研究發展中心設置條例」，送立法院審議。

個不細緻不準確的系統中解放出來，學到熟悉拉丁化字母和拆解音素的技巧；而反覆的練習發出逼近正確的發音，也能夠建立孩子的自信，讓學習的過程直接變成敢講的過程。以上種種，都是英語學習真正必要的技巧。學到之後，講得出來，用得出來。甚至都還不用說到台語八音的學習，將使孩子在學習根本不分音調的英語時，用得上辨識抑揚頓挫的敏感度。

　　非英語母語者的歐洲人，英語能力普遍高於亞洲人。除了具有共用拉丁化字母的優勢，祕訣更在於語言學習的法門。用對了方法，會去聽聲音，會去分析聲音，然後知道模仿、再現的方法，那麼學習一個語言，同時也會幫助其他語言的學習。法門根本不在「多學英語」，而是一旦用正確、細膩的方式學好自己的語言，別的語言就會事半功倍。

　　台語是個產業。這個產業有它的源流，有它的專業知識。過去幾十年的語言政策獨尊華語，傳承台語這個產業專業知識的任務，並不由學校教育來承擔。這個產業現在要在義務教育中更深入更密集地紮根了；這不是「又得多學一個東西」，而是一個學起來就可以觸類旁通的好東西。

小王子 台語版【附台語朗讀 QRcode】

Antoine de Saint-Exupéry——著 蔡雅菁——譯

黃震南、鄭順聰——審訂 呂芊虹、陳家希——繪

「上蓋重要的物件，用目睭是看袂著的。」

小王子是對眞遠的小行星B-612來的，這是一粒一工會當看著四十三擺日落的行星。佇這粒細細粒的行星頂面，伊有三座矮矮的火山，幾櫃會將行星鑽破的猢猻木，閣有一蕊愛嬌閣驕傲的玫瑰。

有一工，小王子佮心愛的玫瑰互相使性地。伊決定離開，去揣新的朋友。佇旅途當中，伊拄著無子民的國王、向望有人共愛慕的虛華的人、規工燒酒醉的酒鬼、直直算天星的生理人、無法度歇睏的點燈人，佮無咧出門行踏的地理學家。每一個攏眞有個性，但是攏無通做朋友。

伊來到地球，拄著一隻狐狸教伊壓落性的道理，予伊知影彼蕊玫瑰對家己的意義。終其尾，佇撒哈拉沙漠當中，佮有淡薄仔囡仔性的飛行員相拄，做伙走揣性命的純眞……

傲慢佮偏見

台語好讀版・附台語有聲劇場

珍・阿斯頓 Jane Austen 著

洪淑昭 譯

鄭順聰 審訂

Asta Wu 繪

英國庄跤有一位班奈太太,伊透世人的願望,就是欲將五个查某囝全嫁出去。有一日,一位貴公子賓利按算佇班家附近稅厝做厝邊,班奈太太就想空想縫,步數盡展,欲來將查某囝佮伊揀做堆。

舞會的時,班家的大漢查某囝珍佮賓利一見鍾情,但是第二查某囝伊俐莎白,煞因為一時的態度佮誤會,對賓利的好朋友達西無好印象。後來更加因為各種事件佮使弄,予伊俐莎白對達西有濟濟偏見。

兩人原是門不當、戶不對,無話無句不投機,那知達西是一下煞著,雙方膏膏纏,結果冤家冤甲行鬥陣。一个是好額緣投、驕傲苛頭的貴公子,一位是聰明伶俐、厚思量的二小姐,個的愛情,是按怎佇傲慢下底的真實面腔佮偏見背後的真相觸纏之間,沓沓仔變化發穎?一場險險仔相閃身的青春戀情,閣加一味台語,心適嬈氣、氣口飽滇!

國家圖書館出版品預行編目資料

台語解放記事：寫給台灣人的「華語腦」翻轉指南/
石牧民著. -- 初版. -- 臺北市：前衛出版社, 2023.09
　　面；15×21公分

　　ISBN 978-626-7325-29-2（平裝）

　　1. 臺語　2. 臺灣文化　3. 文集

803.307　　　　　　　　　　　　　　112011557

台語解放記事

寫給台灣人的「華語腦」翻轉指南

作　　者　石牧民
責任編輯　鄭清鴻
封面設計　Lucace workshop. 盧卡斯工作室
美術編輯　宸遠彩藝

出 版 者　前衛出版社
　　　　　地址：104056 台北市中山區農安街153號4樓之3
　　　　　電話：02-25865708｜傳眞：02-25863758
　　　　　郵撥帳號：05625551
　　　　　購書‧業務信箱：a4791@ms15.hinet.net
　　　　　投稿‧代理信箱：avanguardbook@gmail.com
　　　　　官方網站：http://www.avanguard.com.tw
出版總監　林文欽
法律顧問　陽光百合律師事務所
總 經 銷　紅螞蟻圖書有限公司
　　　　　地址：114066 台北市內湖區舊宗路二段121巷19號
　　　　　電話：02-27953656｜傳眞：02-27954100
出版日期　2023年09月初版一刷
　　　　　2023年11月初版三刷
定　　價　350 元

Ｉ Ｓ Ｂ Ｎ　978-626-7325-29-2（平裝）
Ｅ - Ｉ Ｓ Ｂ Ｎ　978-626-7325-27-8（PDF）
Ｅ - Ｉ Ｓ Ｂ Ｎ　978-626-7325-28-5（EPUB）

*請上「前衛出版社」臉書專頁按讚，獲得更多書籍、活動資訊
　https://www.facebook.com/AVANGUARDTaiwan